LE COLOSSE DES NEIGES
DE CAMPBELLTON

Denis M. Boucher

LE COLOSSE DES NEIGES
DE CAMPBELLTON

Roman

Illustré par Paul Roux

BOUTON D'OR ACADIE

À la mémoire
d'un vrai colosse
du Restigouche,
Marc Chouinard,
un géant de la
culture.

CHAPITRE 1

LA PLUS GROSSE BORDÉE DE L'ANNÉE

C'était le premier jour du traditionnel congé de mars pour les écoliers du Nouveau-Brunswick et pendant la nuit, toute la province avait été recouverte par une importante chute de neige.

Gabriel et Mamadou se tenaient debout devant la fenêtre, admirant rêveusement cet éblouissant tapis blanc. Assis à leurs pieds se trouvait Dali, le samoyède de Gabriel qui, comme tous les chiens de sa race, raffolait de la neige. Avec leur amie Ania, ils formaient les Trois Mousquetaires, une équipe de jeunes détectives qui avait affronté de nombreux dangers. Mais l'hiver ne semblait pas très propice aux mystères, car jusqu'à maintenant, ils avaient vécu toutes leurs aventures en été.

– Ça, c'est la plus grosse bordée de l'année, fit remarquer Mamadou à l'intention de son ami.

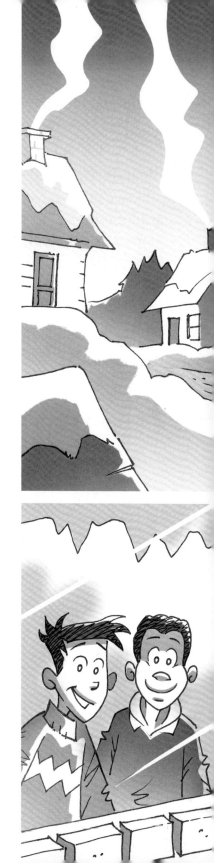

Gabriel fit la moue.

– C'est vrai... déclara-t-il d'un ton légèrement teinté de regrets. Ce qui veut dire que si cette neige était tombée un jour d'école, on aurait eu un congé.

Son ami lui sourit. Malgré les nombreuses occasions où l'école avait été fermée en raison de ce rude hiver, il n'y avait jamais assez de jours de vacances au goût de Gabriel.

Mamadou, qui possédait une sagesse et un flegme peu communs à son âge, savait toujours trouver les mots qu'il fallait pour encourager ses amis.

– Allez, Gabriel, ça ne donne rien de penser comme ça, philosopha-t-il. Mieux vaut apprécier le moment présent : aujourd'hui, nous n'avons pas d'école et, surtout, nous avons toute une semaine de congé devant nous.

« Ouaf ! » fit Dali pour marquer son accord.

Gabriel se tourna vers Mamadou avec un sourire en coin.

– Tu as raison ! s'exclama-t-il en retrouvant sa bonne humeur. Alors, que va-t-on faire de ces merveilleuses journées de vacances ?

– Mmm... fit Mamadou en portant un index à ses lèvres. On pourrait préparer un chocolat chaud et faire des biscuits aux pépites de caramel.

L'autre « qualité » de Mamadou était son insatiable appétit. Grand amateur de bonne chère, son discours tournait souvent autour de ses plats préférés, c'est-à-dire à peu près tout ce qui peut être mangé par un être humain.

– Tu sais que j'aime beaucoup les biscuits, rétorqua Gabriel avec un sourire moqueur, mais avec toute cette neige, je songeais plutôt à une activité extérieure.

– Mmm... d'accord, fit Mamadou sans se démonter. Mais l'un n'empêche pas l'autre, n'est-ce pas ?

Gabriel pouffa de rire.

– C'est bien vrai, concéda-t-il. Je propose qu'on organise un tournoi de hockey. Nous pourrions appeler quelques amis et ensemble on pourrait déneiger la cour pour faire une patinoire extérieure.

– Voilà une excellente idée, admit Mamadou. Et comme par hasard, j'ai reçu pour Noël une reproduction exacte de la coupe Stanley, mais c'est aussi une machine à faire du maïs soufflé ! On pourrait la remettre aux gagnants, puis on dégusterait du popcorn au beurre... voilà qui terminerait le tournoi en beauté !

– Super ! dit Gabriel en se dirigeant vers le téléphone. Je vais appeler Yannick, Roxanne, Zach et Olivier, ce sont des passionnés du hockey. Et Jasmine pour garder les buts ! Ensuite, on pourrait...

Il fut interrompu par la sonnerie du téléphone. Il jeta un coup d'œil à l'afficheur et se tourna vers Mamadou.

– C'est Ania, annonça-t-il. Peut-être voudra-t-elle participer à notre tournoi...

– Ça m'étonnerait beaucoup, marmonna Mamadou. J'ai bien peur qu'elle trouve le hockey un peu trop primitif...

Gabriel fit un clin d'œil à son ami et porta l'appareil à son oreille.

– Pizza Delight, bonjour ! lança-t-il. Puis-je prendre votre commande, s'il vous plaît ?

À l'autre bout du fil, il y eut un bref instant de silence, suivi d'un long soupir.

– Oh ! cesse tes âneries, gronda Ania. J'appelais pour savoir ce que tu comptais faire pendant les vacances.

– C'est drôle que tu le demandes, dit Gabriel. Mamadou est avec moi, et nous étions justement en train d'organiser un tournoi de hockey. On pensait peut-être que tu...

– Pas du tout ! s'indigna Ania. Le hockey, ça ne m'intéresse pas ! Mais ça tombe bien que Mamadou soit avec toi. Vous allez devoir annuler votre tournoi, les gars : il y a un changement de plans.

CHAPITRE 2

UN CHANGEMENT DE PLANS

Gabriel jeta un coup d'œil à Mamadou en fronçant les sourcils. Ania était hyper-intelligente et c'est souvent elle qui prenait les commandes dans leurs enquêtes, mais elle avait parfois aussi la fâcheuse habitude de prendre des décisions sans considérer l'avis de ses amis.

Avant de lui répondre, Gabriel mit le téléphone en mode mains libres pour que son ami puisse participer à la conversation.

– Que veux-tu dire, un changement de plans ? demanda-t-il ensuite. Tu ne peux pas simplement nous annoncer ça alors que nous allions commencer notre tournoi de…

– Qui avez-vous appelé ? coupa Ania.

– Ben… commença Gabriel. J'allais justement faire des appels quand…

– Parfait ! déclara Ania. Si personne n'est au courant, personne ne sera déçu parce que vous annulez.

– Il y a nous ! Tu ne peux pas... tenta Gabriel.

– J'ai une activité bien plus intéressante, intervint Ania. Nous partons demain matin pour aller faire du ski au mont Sugarloaf, à Campbellton.

– À Campbellton ? demanda Gabriel. Mais, c'est loin et...

– C'est tante Samia qui nous invite, déclara Ania. Et j'en ai déjà parlé avec mamie Georgette. Elle trouve que c'est une excellente idée et elle est d'accord pour nous conduire à Campbellton.

Mamie Georgette, la grand-mère de Gabriel, accompagnait les jeunes détectives dans toutes leurs aventures, agissant notamment en tant que conductrice attitrée.

– Mais on n'a même pas de skis, objecta Gabriel. Comment allons-nous...

– Taratata ! lança Ania. Vous pourrez louer l'équipement.

– Sans compter que Mamadou et moi n'avons jamais skié avant, plaida Gabriel. Nous risquons de nous casser le cou.

– Comme le dit si bien mamie : Qui ne risque rien n'a rien, trancha son amie. Et si vous deviez vous blesser, il y a un excellent hôpital à Campbellton. De plus, on pourra faire de la raquette, de la glisse et de la planche à neige. Alors, tout est parfait. Allez faire vos valises, on part demain à sept heures.

Sur ce, elle raccrocha.

Gabriel tourna vers Mamadou un regard résigné.

– Bon, dit-il, on dirait qu'on s'en va faire du ski à Campbellton.

Mamadou ouvrit les mains comme un prêtre s'apprêtant à faire un sermon.

— Ania a peut-être raison, ça nous fera du bien, des petites vacances reposantes, dit-il. C'est tranquille à Campbellton et on pourra se la couler douce.

« Ouaf ! » fit Dali.

Bien entendu, les Trois Mousquetaires ne pouvaient se douter que ce qui les attendait dans les montagnes du comté de Restigouche n'avait rien, mais absolument rien de reposant.

CHAPITRE 3

EN ROUTE POUR CAMPBELLTON

Le lendemain matin, comfortablement installés dans la fourgonnette de la grand-mère de Gabriel, les Trois Mousquetaires étaient fin prêts à partir. Mamie Georgette leur annonça que le trajet entre Dieppe et Campbellton allait être d'environ quatre heures, ce qui incluait – au grand bonheur de Mamadou – un bref détour par la Boulangerie Française de Shediac pour un cappuccino et des pains au chocolat. Lors de leur aventure sur l'Île-au-Crâne[1], mamie avait développé une amitié avec les propriétaires de l'établissement et depuis, elle ne manquait jamais une occasion de leur rendre visite.

Une fois le café et les viennoiseries achetés, ils reprirent l'autoroute 11 en direction nord, mamie alluma la radio et une douce mélodie remplit l'habitacle. Peu de temps après, Dali se coucha entre les sièges et tomba

---
1. Voir *L'Île-au-Crâne de Shediac*.

endormi en laissant échapper de temps à autre un léger ronflement. Gabriel et Mamadou sortirent leurs tablettes et, sous l'œil réprobateur d'Ania, lancèrent un jeu dont le but, semblait-il, était de faire exploser des zombies.

– Quel jeu violent et insensé, déclara-t-elle. Si vous allez passer votre temps le nez collé à vos iPad, vous pourriez au moins trouver quelque chose de plus éducatif...

– Ne t'en fais pas, rétorqua Gabriel sans lever les yeux de l'écran, il s'agit d'un jeu de straté... Yaaaah! Tiens, prends ça, vilain zombie! Attention, Mamadou! il y en a un qui s'en va vers toi.

– Oui, je l'ai vu, marmonna Mamadou.

Il tapota l'écran et son agresseur éclata dans un répugnant nuage de morceaux rouge et jaune.

– Et pour ce qui est du côté éducatif, Ania, continua-t-il, si jamais nous devions être victimes d'une infestation de morts-vivants, tu verrais que ces habiletés nous seraient fort utiles.

Ania se contenta de secouer la tête, puis fouilla dans son sac et en sortit la toute nouvelle édition du *Petit Larousse illustré*, qu'elle se mit à feuilleter allègrement.

Le reste du voyage se déroula sans histoire et quelques heures plus tard, alors qu'ils passaient devant la sortie 326 en direction de Petit-Rocher, mamie ferma la radio.

– Campbellton est à moins d'une heure de Petit-Rocher, dit-elle à l'intention de Gabriel. Je vais profiter de notre séjour dans la région pour aller voir ton oncle Géo[2].

Au son de la voix de mamie, Dali se réveilla. Gabriel et Mamadou, qui semblaient s'être lassés de faire éclater des zombies, rangèrent leurs tablettes, et Ania profita de l'occasion pour étaler son savoir au sujet de Campbellton.

---

2. Voir *Le bateau fantôme de Petit-Rocher*.

– Maintenant que vous avez fini votre jeu idiot, annonça-t-elle, c'est le temps pour une petite leçon d'histoire.

Gabriel commença à protester, mais Ania fit semblant de ne pas entendre.

– Bon, je commence… Campbellton est une ravissante petite ville située aux abords de la baie des Chaleurs. Ses origines remontent aux années qui ont suivi la déportation des Acadiens, alors que certaines familles sont revenues sur les lieux pour fonder le village de Pointe-aux-Sauvages.

– À ne pas confondre avec Pointe-Sauvage, une toute petite municipalité de la Péninsule acadienne située à quelques kilomètres de Shippagan, ajouta Mamadou en levant un index.

Ania le regarda d'un air surpris.

– J'aime ça, la géographie, dit Mamadou avec un sourire en coin. C'est *cool*.

Cool était l'expression favorite de Mamadou et il l'utilisait à toutes les sauces.

– Vous êtes fascinants, tous les deux… marmotta Gabriel en roulant les yeux. On se croirait à l'école.

– Je suis heureuse que cela t'intéresse, parce que ce n'est pas tout, lança Ania. À l'été de 1760, la bataille de la Ristigouche – c'est ainsi que l'on appelait la rivière Restigouche à cette époque – fut, de l'avis de plusieurs historiens, un moment très important puisque c'est cette opération qui scella le sort des Français en Amérique du Nord. Cette fameuse bataille s'est déroulée pratiquement au pied du mont Sugarloaf, sur la rivière Restigouche.

– Je ne savais pas cela, fit remarquer Mamadou.

– Mon non plus, dit Gabriel.

– Bien sûr que non, rétorqua Ania. C'est pourquoi j'ai le devoir de vous instruire ! Aujourd'hui, Campbellton est une ville bilingue. Sa population est d'environ sept mille habitants, dont près des deux tiers sont francophones. Avec le mont Sugarloaf d'un côté et la baie des Chaleurs de l'autre, le paysage y est particulièrement pittoresque à l'automne, mais la ville possède aussi des attraits en été, surtout au début du mois de juillet, quand le Festival du saumon bat son plein. Campbellton peut d'ailleurs se vanter de posséder le plus grand saumon du monde : une sculpture de huit mètres et demi qui se trouve au centre-ville.

— À Shediac, il y avait la sculpture du plus gros homard du monde et maintenant on a affaire à un saumon géant ! fit remarquer Gabriel. On peut dire qu'on a de la suite dans les idées !

— Mmm... du homard... du saumon, dit Mamadou en se frottant le bedon.

— Si tu aimes le saumon, tu vas être servi, déclara Ania. Il y a dans la région plusieurs excellents restaurants où tu pourras en déguster.

— Moi, je n'aime pas le poisson, marmotta Gabriel.

— Ah ! ne t'inquiète pas, Gabriel, dit Mamadou en levant un index. J'ai fait ma propre recherche sur la région et j'ai réussi à trouver à Campbellton un restaurant de très grande réputation. Je suis certain que tu vas aimer !

— Ah ? fit Gabriel. Lequel ?

— Laissez-moi deviner ! intervint Ania. C'est sûrement le Salmon Lodge... ou le Upper Deck...? Non, je sais : le Sanfar Resort !

— Encore mieux que ça, sourit Mamadou. Imaginez-vous que sur la rue Water, en plein centre-ville, il y a un... Dixie Lee.

— Ouais ! s'écria Gabriel, qui retrouva aussitôt sa joie de vivre.

— Oooh... gronda Ania, vous et votre Dixie Lee !

– Il n'y a pas de meilleur restaurant, lança Gabriel en la défiant du regard.

Ania allait répondre quand la fourgonnette se mit à ralentir pour s'engager sur la sortie 412 en direction du centre-ville de Campbellton.

– Il va falloir que vous cessiez de vous chamailler, lança mamie avec un sourire en coin. Nous voilà arrivés.

CHAPITRE 4

UNE VOITURE DE LUXE

Mamie suivit le boulevard Salmon sur environ un kilomètre, puis tourna à gauche sur la rue Ramsey.

– Je suis convaincue qu'il existe un chemin plus court pour se rendre à la rue George, ricana-t-elle. Mais comme je ne connais pas très bien la ville, j'emprunte chaque fois le même trajet quand je vais chez Samia.

– Ça ne fait rien, lança Gabriel, avec un peu de chance, nous passerons devant le Dixie Lee…

– Ou bien quelques bâtiments historiques, s'empressa d'ajouter Ania. Je crois qu'il y en a plusieurs au centre-ville.

– En été, la vue sur la Gaspésie, qui est de l'autre côté de la rivière, est spectaculaire, fit remarquer mamie en actionnant son clignotant.

La fourgonnette s'engagea sur la rue Water.

– Voilà le Upper Deck dont tu parlais tantôt, annonça Mamadou en pointant à sa droite. Mmm... steak, fruits de mer, poulet... on dirait que je commence à avoir faim, moi.

– Mamadou qui a faim, lança Ania d'un ton moqueur. Voilà qui est inhabituel.

Gabriel et Mamadou pouffèrent de rire.

Après qu'ils eurent passé devant un édifice de pierres brunes sur le côté duquel était peinte une imposante fresque représentant une scène de pêche au saumon, la circulation commença à se faire plus dense. Peu de temps après, ils durent s'arrêter à un feu rouge, à l'intersection de la rue Andrew.

Sur une bâtisse à leur gauche se trouvait un autre mur peint, celui-ci représentant trois hommes revenant d'une partie de pêche sur la Restigouche.

– Ça me rappelle Lyon, en France, fit remarquer mamie. Cette ville est reconnue pour ses murs peints, un peu comme celui-ci.

De l'autre côté, à leur droite, se trouvait le pont Van Horne, qui reliait le Nouveau-Brunswick au Québec, comme un M vert pâle que l'on aurait étiré d'une rive à l'autre.

Le feu changea et Gabriel indiqua un attroupement de curieux qui se trouvait devant la pharmacie Jean Coutu.

– Peut-être s'agit-il d'un accrochage, supposa Mamadou.

Lorsqu'ils arrivèrent près du petit groupe de badauds, Gabriel aperçut une rutilante voiture de luxe, qui semblait être l'objet de leur attention.

– Regardez ça ! s'écria-t-il. C'est une Bugatti Galibier. Il s'agit d'une voiture de prestige de fabrication suisse qui n'a jamais été produite en série. Cette auto vaut plus de deux millions de dollars, ce doit être pour ça que tout le monde s'arrête pour la regarder.

– *Cool...* fit Mamadou. C'est la voiture la plus belle que j'aie jamais vue.

La berline de luxe stationnée à leur droite avait en effet fière allure. Avec ses courbes racées et ses huit tuyaux d'échappement chromés, elle dégageait un magnétisme indéniable. De plus, sa carrosserie, noire sur le dessus et métallique sur les côtés, la distinguait de toutes les autres voitures.

– Gabriel, déclara Ania, pourrais-tu s'il te plaît m'expliquer comment tu peux reconnaître n'importe quelle voiture parmi les milliers de modèles qui sont produits chaque année, alors que tu ne parviens pas à retenir une seule règle de grammaire à l'école ?

– Euh... fit Gabriel en se grattant la tête. C'est une bonne question...

– Regardez ça, interrompit Mamadou en montrant du doigt le devant de la voiture. Là, juste au-dessus du garde-boue...

Toutes les têtes se tournèrent dans la direction indiquée par Mamadou.

– Mais qu'est-ce que c'est ? demanda Gabriel.

– Voilà qui est bizarre... marmonna Ania.

– Doux Jésus... dit mamie.

« Grooou... » fit Dali.

Du côté du conducteur, juste au-dessus du pneu avant, la carrosserie du véhicule avait été profondément lacérée par ce qui semblait être une énorme patte munie de quatre formidables griffes, puissantes et acérées.

Le bouchon de circulation se dégagea soudainement, et ils reprirent leur chemin.

– Qu'est-ce qui a bien pu faire un tel dommage à cette voiture ? demanda mamie en jetant un coup d'œil dans son rétroviseur.

– Je sais ! Il y a un monstre à Campbellton ! lança Gabriel, qui ne tenait plus en place. C'est la seule explication qui vaille.

– Ne sois pas ridicule, dit Ania d'un ton moins assuré qu'elle ne l'aurait voulu. Tout le monde sait que les monstres n'existent pas…

– Mais, si ce n'est pas un monstre qui a fait cela, demanda Mamadou, de quoi s'agit-il ?

Ania fit la moue et se contenta de hausser les épaules.

CHAPITRE 5

CHEZ TANTE SAMIA

Dès qu'ils tournèrent sur la rue George, le mont Sugarloaf les accueillit dans toute son immensité. Dans ce quartier de la ville, la montagne semblait omniprésente.

Quand ils arrivèrent chez tante Samia, celle-ci les attendait déjà sur le perron, prête à les accueillir avec l'exubérance coutumière du peuple libanais.

– Bonjour les amis ! lança-t-elle avec son accent légèrement exotique. Quel plaisir de vous revoir ! Bienvenue à Campbellton.

La tante d'Ania n'était pas très grande, elle avait des cheveux châtains et un visage hâlé, la plupart du temps illuminé d'un sourire radieux.

Elle les embrassa les uns après les autres, puis sa mine se renfrogna quelque peu.

– Mais je dois vous dire que vous arrivez à un bien drôle de moment : on dit qu'il y a un ours qui rôde dans la montagne.

— Alors, ce doit être un ours des cavernes géant ! s'exclama Gabriel. Et c'est lui qui a dû laisser ces marques de griffes sur la voiture qu'on a vue.

— Tu dis n'importe quoi, rétorqua Ania. Les ours des cavernes ont cessé d'exister il y a de cela dix mille ans et un ours ordinaire ne serait pas capable de laisser des marques aussi profondes.

— Donc, tu avoues que c'est un monstre ! déclara Gabriel avec un sourire triomphant.

Ania secoua la tête et expliqua à sa tante ce dont ils avaient été témoins au centre-ville.

— Voilà qui est étrange, dit Samia. Il s'agit probablement de la voiture de ce milliardaire qui s'est installé dans la région. Il est originaire de la Suisse et il aurait, semble-t-il, fait fortune dans l'industrie du chocolat…

— Mmm… du chocolat… fit Mamadou. Juste à y penser, ça me donne la faim.

Ania le regarda de travers, mais Samia lui adressa un regard bienveillant.

— J'avais justement besoin d'aller à l'épicerie et je voulais en profiter pour ramasser quelque chose pour le dîner, dit-elle. Je n'attendais que vous. Entrons vos bagages et dirigeons-nous vers l'épicerie, c'est à seulement quelques minutes d'ici.

CHAPITRE 6

RUMEURS À L'ÉPICERIE

Quand les valises furent défaites et que tout le monde fut installé, Samia demanda qui voulait l'accompagner.

– Moi ! s'écria Mamadou en levant la main. Faire l'épicerie est l'une de mes activités favorites… après manger, bien sûr.

– Je vais y aller pour m'assurer qu'il n'achète pas tout ce qui se trouve sur les étagères, dit Ania. Quand il a faim, il est dangereux…

– Alors, j'y vais moi aussi, dit Gabriel.

– Et moi, je vais rester ici avec Dali, déclara mamie en sortant un journal de son énorme sac à main. C'est l'édition du samedi, et je n'ai pas encore eu l'occasion de terminer les mots croisés.

– D'accord. Fais le bon chien, Dali ! lança Gabriel en se dirigeant vers la porte.

« Ouaf ! » fit ce dernier en se couchant aux pieds de mamie.

Il n'y avait pas foule dans le magasin, et ils trouvèrent rapidement les quelques articles qui figuraient sur la liste de Samia. Mamadou avait insisté pour porter lui-même le poulet, qui sortait tout juste de la rôtisserie et qui dégageait une odeur délectable.

Ils étaient en file derrière les quelques clients qui attendaient à l'une des caisses, lorsque Gabriel capta quelques bribes d'une conversation qui allait bon train entre deux dames qui semblaient se connaître.

– Écoutez cela... chuchota-t-il à l'endroit de Mamadou et d'Ania en faisant un signe de tête discret en direction des femmes.

– Gabriel, gronda Ania, ce n'est pas poli d'écouter les conversations des autres.

– Je sais, mais je crois qu'elles parlent d'un monstre ! dit-il à voix basse. Écoutez, je vous dis...

Ses amis tendirent l'oreille.

– Dans la montagne ? demanda la première.

– Ce n'est pas une blague, Chantal ! répondit l'autre. C'est Firmin lui-même qui a raconté cette histoire à Aténor ! Il dit l'avoir vu de ses propres yeux et que ça ressemblait à... à un singe géant.

– Si c'est Firmin qui l'a vu, ce singe était probablement accompagné d'un éléphant rose, rétorqua celle qui s'appelait Chantal. Ça n'a aucun sens, toutes ces rumeurs...

Gabriel se tourna vers Ania en fronçant les sourcils.

– Il y aurait aussi un éléphant rose dans la montagne ? demanda-t-il.

– C'est une expression, soupira Ania. Cette dame veut dire que ce Firmin était probablement en état d'ébriété quand il dit avoir vu l'animal.

Gabriel jeta un autre coup d'œil en direction des deux clientes.

– Mais elles ont quand même parlé d'un singe géant, murmura-t-il. Le monstre de Campbellton serait donc un yéti.

– Tu veux dire un sasquatch, corrigea Ania.

– N'est-ce pas la même chose ? demanda Gabriel.

– Le yéti est une créature qui habiterait prétendument dans les montagnes de l'Himalaya, expliqua Ania. Il est aussi connu sous le nom de l'abominable homme des neiges. Le sasquatch – qu'on appelle aussi *Bigfoot* aux États-Unis –, quant à lui, vivrait en Amérique du Nord. Mais de toute façon, ni l'un ni l'autre n'existe, alors…

Leur tour à la caisse arriva, et ils avancèrent de quelques pas.

– Ça existe ! déclara Gabriel en haussant légèrement le ton.

– Désolé, mais personne n'a jamais pu fournir une seule preuve de l'existence de cette bête, dit fermement Ania.

– Mais il n'y a aucune preuve qu'elles n'existent pas ! s'entêta Gabriel.

– Ah ! crois donc ce que tu veux ! lança Ania comme Samia finissait de payer.

– Eh bien moi, s'écria-t-il, je choisis de croire qu'il existe, l'abobo… l'amobi… l'abobi… enfin, le yéti !

Mamadou et Ania pouffèrent de rire, et leur ami ne put s'empêcher de faire de même. Comme ils sortaient du magasin d'alimentation, Gabriel s'arrêta devant une affiche publicitaire annonçant un cirque.

– Regardez ça ! s'exclama-t-il. Le cirque Zabaglione est au Centre civique de Campbellton ! Ils ont des lions et des éléphants… on pourrait profiter de notre séjour pour aller voir ce spectacle.

– Premièrement, je n'aime pas ces cirques qui exploitent les animaux, dit Ania. Ils y vivent souvent dans des conditions atroces. Et deuxièmement, ce spectacle a eu lieu en janvier, Gabriel. Voilà plus de deux mois qu'il a quitté la ville.

– Oh ! fit celui-ci. Je n'avais pas réalisé que…

– Tu devrais plutôt t'intéresser à l'affiche qui est à côté, soupira Ania. KeroZen donne un spectacle cette semaine, et j'ai entendu dire que ces musiciens sont très bons !

– J'ai entendu dire qu'ils étaient *supercool*, fit remarquer Mamadou.

– Ils ont même eu l'honneur de jouer avec Jean-Marc, ajouta Ania sur un ton rêveur.

Gabriel détourna le regard et fit une grimace, mais cette fois, il préféra ne rien dire.

CHAPITRE 7

LE PROFESSEUR JARNIGOINE

D e retour à la maison, Ania et Gabriel reprirent leur querelle à propos de l'existence du yéti et du sasquatch. Au bout d'un moment, Mamadou, qui commençait à en avoir assez, eut une idée.

— Pourquoi ne pas appeler le professeur Jarnigoine ? proposa-t-il. Je suis certain qu'il saura trancher la question.

Antoine Jarnigoine était un génie et un inventeur qui avait autrefois été professeur à l'Université de Moncton, mais qui était maintenant à la retraite. En raison de ses nombreux services rendus, on lui avait consenti un bureau au campus, un espace exigu situé dans ce qu'il appelait les « entrailles de Taillon », soit au sous-sol de l'édifice administratif de l'Université. Les inventions du professeur Jarnigoine avaient maintes fois aidé les Trois Mousquetaires à résoudre les mystères auxquels ils avaient dû faire face, et il leur refilait régulièrement ses derniers gadgets.

– Excellente idée ! s'écria Gabriel. Si quelqu'un connaît quelque chose à propos des yétis, c'est bien lui !

Il sortit de sa poche un prototype de mobile miniaturisé que lui avait récemment offert Jarnigoine et tapota l'écran. Quelques secondes plus tard, l'image du professeur leur apparut.

– Salut la marpaille ! s'exclama leur vieil ami. On a eu bougrement de poussière de Noël cet hivio, hein ? Et croyez-le, croyez-le pas, on annonce encore de la fraîche la semaine prochaine. Je suis à la veille de déménager mes pénates chez les Amerloques du Sud, moi…

Il interrompit sa tirade et leur sourit.

– Mais, je puipuite, là ! Alors, quel est votre baratin ce matin ?

Gabriel et Mamadou tournèrent vers Ania un regard interrogateur. Le professeur Jarnigoine était Français d'origine et il avait la fâcheuse habitude de parler l'argot, un jargon parisien parfois difficile à déchiffrer pour les non-initiés. Pour mieux comprendre ce qu'il disait, Ania s'était procuré un dictionnaire d'argot, qu'elle avait lu d'une couverture à l'autre.

– Il trouve qu'on a eu beaucoup de neige cet hiver et il dit qu'il va y en avoir d'autre, chuchota Ania. Et il demande la raison de notre appel.

Gabriel redirigea son attention vers le professeur et lui raconta ce qui s'était passé depuis leur arrivée à Campbellton.

– Eh bien, y a pas à dire, les mômes, l'aventure vous colle aux fesses ! rigola Jarnigoine. Un yéti ou un sasquatch, hein ? Eh bien, vous êtes vernis. Je viens de boucler la version électronique du bouquin que vous avez utilisé au lac Baker[3], celui

---

3. Voir *Le monstre du lac Baker.*

dans lequel j'ai brodé un texte sur les monstres marins. Vous vous rapopelez ?

– Oui, répondit Gabriel. Bien sûr qu'on se rapo… qu'on se rappelle.

– Imaginez-vous que le chapitre qui porte sur le yéti a, lui aussi, été écrit par nul autre que bibi, continua le professeur. Je vous envoie ce billot illico presto. Je dois cependant vous avertir qu'il n'y a pas grand viande sur cet os : quelques témoignages oculaires, des photos pas très claires, mais à part ça, bah…

– De toute façon, dit Ania en se plaçant devant Gabriel, s'il y a une bête dans la montagne, c'est probablement un ours, Professeur.

Gabriel repoussa Ania et s'approcha de l'écran.

– Pas du tout ! protesta-t-il. Ne l'écoutez pas, Professeur. Il y a une bête étrange dans la montagne, et nous allons prouver hors de tout doute que c'est l'abobi… l'abobo… l'amomi…

– La momie ? se moqua Ania. Tu penses que c'est une momie ?

– Un yéti ! termina Gabriel en foudroyant Ania du regard.

Le professeur fronça les sourcils et commença à frotter sa barbichette entre son pouce et son index, un signe certain qu'il était en train de réfléchir.

– À ce sujet… dit-il finalement, j'ai peut-être quelque chose qui pourrait vous être utile. Dis, Gabriel, tu possèdes toujours le prototype de mobile superintelligent que je t'ai offert le mois dernier, oui ? Celui que j'ai baptisé le jarniphone ?

Gabriel hocha vigoureusement la tête.

– Oui, je l'ai dans les mains, dit-il. Mais moi, je l'appelle mon jPhone !

– Le jPhone ? murmura le professeur en faisant la moue. Mmm… voilà un nom de produit qui pourrait cartonner…

Il resta songeur pendant un instant.

– Mais enfin, dit-il soudain en sortant de sa rêverie. Je vous torpille ce chapitre sur le yéti en format électronique. Mais surtout, je vous envoie aussi une petite app de mon invention, capable de capter l'ADN grâce à un séquenceur moléculaire d'images isométriques intégré. Si vous pouvez trouver ne serait-ce qu'un seul poil de ce croque-mitaine, utilisez l'app, balancez-moi les données, et nous pourrons savoir à quelle sorte d'animal nous avons affaire.

– Super ! s'exclama Gabriel. Nous allons commencer notre enquête immédiatement. Au revoir, Professeur.

– Allez, ciao, les marmots ! lança le professeur. Donnez-moi un coup de bigophone s'il y a du neuf.

Le professeur Jarnigoine disparut de l'écran.

– Les Trois Mousquetaires sont de retour ! s'écria Gabriel. Ce yéti-sasquatch aux grands pieds n'a qu'à bien se tenir.

– Tu veux dire cet abominable ours des neiges ? dit Ania avec un sourire en coin.

CHAPITRE 8

UNE PROMENADE QUI TOURNE MAL

L e lendemain matin, malgré le fait que l'information envoyée par le professeur n'avait rien de très concluant, Gabriel réussit à persuader ses amis de mener une expédition exploratoire dans le mont Sugarloaf.

En fait, à part quelques traces trouvées dans la neige ou dans la boue, de rares photos, toujours embrouillées ou prises de loin, et la corroboration de quelques témoins visuels, il existait très peu de preuves qu'une telle bête puisse exister. Gabriel avait quand même installé l'application du professeur sur le jPhone, convaincu qu'elle allait leur servir.

Au début, mamie et Samia se montrèrent soucieuses d'apprendre que les jeunes détectives comptaient aller à la montagne. Malgré les rumeurs qui circulaient, elles se laissèrent convaincre

par la promesse qu'ils allaient faire preuve d'une prudence extrême.

– Je dois bien avoir des raquettes à neige cachées quelque part ici, dit Samia en fouillant dans un placard. Mes trois fils en possédaient chacun une paire quand ils étaient plus jeunes, et je suis passablement certaine qu'ils les ont laissées derrière quand ils ont quitté la maison.

Elle déplaça quelques paires de bottes et de mitaines, puis se releva avec un sourire triomphant.

– Voilà ! s'exclama-t-elle. Les courroies sont ajustables, alors ça devrait vous faire sans problème.

« Wouf ? » fit Dali.

– Oui, tu viens toi aussi, répondit Gabriel, mais tu devras te débrouiller sans raquettes.

« Ouaf ! » fit son chien en agitant la queue.

Une demi-heure plus tard, mamie déposait les jeunes détectives devant le chalet principal du parc Sugarloaf, où une atmosphère électrisante les attendait.

– Appelez-moi quand vous voudrez que je revienne vous chercher, cria mamie. Et n'oubliez pas d'être prudents.

De puissants haut-parleurs amplifiaient une musique entraînante, et un air de fête régnait tout partout. À leur droite se trouvaient trois grands chalets, dont celui du milieu semblait être un restaurant appelé T-Bar. Plus loin en arrière, de nombreux amateurs de ski alpin descendaient en vitesse les pistes du Sugarloaf.

– C'est là que j'irai skier, annonça Ania en pointant les pistes les plus raides. Quant à vous, vous pourrez commencer avec les enfants, sur la piste des débutants.

– Pff… fit Gabriel. Donne-moi une paire de skis et dix minutes pour m'y habituer, et je ferai des boucles autour de toi.

– Juste avant que je te conduise à l'hôpital, oui ! rétorqua Ania en riant.

Ils se dirigèrent vers les pistes aménagées pour les randonneurs où, selon une pancarte de couleur bleue, se trouvaient le club de plein air « Les Montagnards » ainsi que les pistes de raquettes et de ski de fond. Une colonie de canards, qui devaient regretter d'avoir omis de s'envoler vers le sud pour l'hiver, semblaient avoir élu domicile au pied du panneau.

– Des canards montagnards ! lança Gabriel à la blague. Ça rime en crime !

– Ah ! tu aimes les rimes ? demanda Ania. En voici une autre : Gabriel Roy ne le réalise pas, mais il est aussi bavard qu'il est ignare.

Gabriel allait répliquer, mais ils arrivèrent devant une carte des sentiers, et Mamadou coupa court à la dispute naissante.

– Vous feriez mieux de garder votre souffle pour notre randonnée, les amis, fit-il remarquer. Selon cette carte, il y a six pistes et des dizaines de kilomètres de sentiers qui nous attendent. Nous pouvons même nous rendre jusqu'à un lac : le lac Pritchard.

Quelques minutes plus tard, ils enfilaient leurs raquettes et commençaient à marcher lentement en file indienne.

– Crois-tu vraiment qu'il y a une bête étrange dans la montagne, Gabriel ? demanda Ania.

– Absolument ! lança celui-ci avec assurance. Et nous allons la trouver.

– Alors, tu risques d'être déçu, avertit Ania. Tu devrais peut-être considérer la possibilité que nous revenions bredouilles.

– On verra bien, rétorqua simplement Gabriel.

Ils marchèrent en silence pendant plus de quarante-cinq minutes avant de prendre une pause.

– Ouf ! c'est plus fatigant que je l'avais imaginé, dit Gabriel en s'asseyant dans la neige.

– En effet, dit Ania. Il s'agit cependant d'un bon exercice.

– Moi, l'exercice, ça me donne faim, fit Mamadou.

Il pointa les poches de son parka, qui étaient tellement gonflées qu'elles semblaient sur le point d'exploser.

– Mais ne vous en faites pas, j'ai tout prévu, dit-il avec un large sourire. J'ai là-dedans six barres de céréales enrobées de chocolat, trois boîtes de jus, un bloc de fromage et des biscuits au beurre d'arachide.

« Wouf ? » fit Dali.

– Et des biscuits pour chiens, ajouta Mamadou.

« Ouaf ! » fit le chien.

Gabriel pouffa de rire.

Tout à coup, Ania reçut un flocon de neige sur la joue. Inquiète, elle leva les yeux vers le ciel.

– Oh ! Oh ! On dirait que le temps se gâte, fit-elle remarquer en indiquant les nuages gris qui s'accumulaient rapidement. Il faudrait penser à retourner au chalet, les tempêtes se lèvent très vite dans la région...

Soudainement, Dali se mit à gronder.

« Grooou... » fit-il en fixant un endroit qui se trouvait à leur droite.

– Qu'y a-t-il, mon chien ? demanda Gabriel.

Pour toute réponse, Dali fonça dans la forêt en aboyant furieusement.

Gabriel se leva d'un trait.

– Dali ! cria-t-il. Dali ! reviens !

Mais le chien avait maintenant disparu entre les arbres.

– Il faut le suivre ! déclara Gabriel.

– Mais on a promis à mamie que… commença Ania, mais son ami était déjà parti.

Mamadou la regarda en haussant les épaules, et ils s'enfoncèrent à leur tour dans l'épaisse forêt. Lorsqu'ils eurent rejoint Gabriel, de gros flocons commençaient déjà à tomber.

Ils suivirent les traces laissées par Dali alors que le vent se levait et que la neige commençait à brouiller leur vision.

– Dali ! cria Gabriel, mais sa voix ne semblait pas porter très loin, étouffée par les arbres et la tempête naissante.

Puis, ils entendirent plusieurs jappements et devinèrent que le chien de Gabriel n'était pas très loin. Ils persévérèrent et, quelques instants plus tard, ils aperçurent Dali, assis sur son arrière-train avec le nez plein de neige.

« Ouaf ! » fit-il fièrement.

– Dali, gronda Gabriel, qu'est-ce qui t'a… ?

Il s'interrompit lorsqu'il remarqua de larges empreintes, partiellement effacées par le vent et les précipitations.

– Des traces de yéti ! s'écria-t-il. Dali a trouvé une preuve que le yéti existe !

Ania s'approcha et inspecta les traces en question.

– Tu dis n'importe quoi, trancha-t-elle. Ces empreintes ne prouvent absolument rien. C'est vrai qu'elles sont grandes, mais il est quand même possible qu'il s'agisse d'un ours. Pour ce qu'on en sait, elles peuvent même avoir été faites par des raquettes d'enfant.

– Oooh… maugréa Gabriel. Tu es vraiment de mauvaise foi.

– De toute façon, nous devons absolument retourner sur nos pas, dit Ania. Cette tempête empire rapidement.

– Mais, j'aurais voulu chercher des poils de yéti… se lamenta Gabriel, qui obtempéra malgré tout.

Ils commencèrent à marcher, mais constatèrent que la neige abondante avait complètement recouvert leurs traces. Gabriel s'arrêta et regarda ses amis en plissant des yeux pour se protéger des flocons qui lui fouettaient le visage.

– Je ne vois plus rien ! beugla-t-il. Et il n'y a rien qui indique que nous sommes sur la bonne voie. La meilleure chose à faire est probablement de suivre la pente descendante, ne pensez-vous pas ?

Ania regarda autour, espérant trouver un indice qui leur permettrait de retrouver leur chemin.

– Si on dévie vers le sud ou vers l'est, on risque de s'éloigner du chalet et de la route principale, cria-t-elle. J'ai vérifié la carte avant de partir, et il n'y a que des kilomètres de forêt de ce côté…

– Tu as une meilleure idée ? hurla Gabriel.

— Non, avoua Ania.

— Alors, allons-y, dit Gabriel.

Ils firent donc demi-tour et commencèrent à descendre. Ils peinèrent durant de longs instants quand, à leur grand dam, la pente recommença à monter.

— Qu'est-ce qui se passe ? s'écria Gabriel, incrédule.

— Peut-être avons-nous tourné en rond, supposa Mamadou.

— Ou bien on est sur le bon chemin, et ça monte pour le moment et puis ça va redescendre, fit remarquer Gabriel.

— Voilà une promenade qui tourne mal, murmura Ania.

Au même moment, Dali se remit à gronder sourdement, et les poils se dressèrent sur son dos.

Ils se tournèrent dans la direction où regardait le chien et aperçurent entre les branches une ombre gigantesque qui se découpait de façon indistincte... et qui se dirigeait droit sur eux.

Figé sur place, Gabriel remarqua le crâne de l'apparition, qui était fait en forme de cône, et il se rappela les images qu'il avait maintes fois vues dans les bandes dessinées.

— C'est lele... le yéyéyé... le titi... balbutia-t-il. C'est le yéti...

CHAPITRE 9

UN MONSTRE POILU

Les Trois Mousquetaires se blot-
tirent l'un contre l'autre, pendant que Dali continuait de
gronder en montrant les dents. Ils
virent avec horreur un monstre poilu
s'approcher puis, au moment où il était
sur eux, il s'arrêta et leur tourna le dos.

– Jean-Pierre ! Je les ai trouvés !
cria le monstre. Il s'agit de trois jeunes
et d'un chien.

Il leur fit face à nouveau et s'approcha davantage. Les jeunes détectives purent distinguer les traits de
l'homme, de très grande taille, qui
était vêtu d'un épais parka de four-
rure. La visibilité réduite et la panique
aidant, ils l'avaient pris pour le yéti.
Le type avait tout compte fait l'air
sympathique, mais le capuchon qui
recouvrait sa tête donnait l'impression
d'un crâne énorme et pointu.

Son compagnon, celui qui devait se
nommer Jean-Pierre, arriva. Il était
beaucoup moins grand que le premier,
on voyait à peine son visage sous son

casque de poils, mais il arborait une barbe d'un jour et un sourire légèrement moqueur.

– Vous ne seriez pas perdus, par hasard ? demanda-t-il aux Trois Mousquetaires.

Sans attendre la réponse, il reprit :

– Et que font trois jeunes de votre âge dans la forêt pendant une tempête ? Ça peut être très dangereux quand on ne connaît pas la montagne.

– Ben… c'est qu'il faisait beau quand nous sommes partis, Monsieur, expliqua Gabriel. Nous étions en train de faire une promenade en raquettes en suivant les sentiers, quand la tempête s'est levée. Puis, mon chien est parti en courant à travers les bois, et nous avons trouvé de grosses empreintes dans la neige et nous pensons que ce sont les traces d'un yéti…

– TU penses que ce sont les traces d'un yéti, coupa Ania. Ne l'écoutez pas, Monsieur, c'est le froid qui le fait délirer. Mon nom est Ania, celui qui dit des sottises, c'est Gabriel, et l'autre c'est Mamadou.

« Ouaf ! » fit Dali.

– Et ça, c'est Dali, continua-t-elle. Il n'aime pas quand on l'oublie. Et vous êtes… ?

– Ah ! moi, c'est Jean-Pierre et lui, c'est Albénie, mais on l'appelle Benie. Il travaille pour le parc, et je lui donne un coup de main pour vérifier qu'il n'y a pas de collets à lièvres dans le coin. Il y en a qui trappent dans le parc même si c'est illégal, vous savez…

Les Trois Mousquetaires ne le savaient pas, mais ils hochèrent néanmoins la tête.

– Nous étions sur le point de retourner à la motoneige quand nous avons cru entendre des voix, alors nous sommes venus voir de quoi il s'agissait, dit-il.

– En tous cas, nous sommes bien contents de vous voir, déclara Mamadou. Nous aurions facilement pu mourir de faim, perdus dans cette montagne...

Jean-Pierre retrouva son sourire moqueur.

– De faim ? J'imagine que c'est possible, mais vous auriez probablement succombé au froid bien avant ! rétorqua-t-il. Justement, voulez-vous que je vous ramène ? Je crois qu'un bon chocolat chaud au T-Bar vous ferait du bien.

– Mmm... fit Mamadou. J'adore tout ce qui est chocolat...

– Moi aussi, dit Jean-Pierre avec un large sourire.

Puis, en s'adressant à son ami :

– Tu peux retourner à la motoneige, Benie. Je vais accompagner ces jeunes aventuriers jusqu'au chalet.

CHAPITRE 10

AU RESTAURANT T-BAR

De retour au chalet principal, leur sauveur les accompagna dans le restaurant et commanda du chocolat chaud pour tout le monde. Comme Dali ne pouvait les accompagner à l'intérieur, il avait dû se résigner à attendre ses amis humains dans la voiture de Jean-Pierre.

— C'est étrange, mais vos visages me semblent familiers, fit remarquer ce dernier. Pourtant, je ne me rappelle pas vous avoir rencontrés… Vous n'êtes pas de la région, n'est-ce pas ?

— En effet, répondit Ania. Nous vivons à Dieppe, mais nous visitons ma tante, qui vit à Campbellton. Peut-être la connaissez-vous ? Son nom est Samia…

— Samia ? s'exclama l'homme. Bien sûr que je la connais ! Ma femme fait du Zumba avec elle. Et son mari,

George, est expert dans la fabrication des mouches pour la pêche. J'aime beaucoup la pêche...

— Nous sommes aussi des détectives, ajouta Gabriel. Avez-vous déjà entendu parler des Trois Mousquetaires... ?

— Les Trois Mousquetaires ? s'exclama Jean-Pierre. Oui, bien sûr ! Samia m'a parlé de vous. Et j'ai aussi vu votre photo dans *L'Acadie Nouvelle*, c'est pour ça que j'avais l'impression de vous avoir vus avant. C'est vous qui avez réussi à arrêter ce méchant escroc à Petit-Rocher... On vous doit tous une fière chandelle, parce que si son plan diabolique avait fonctionné, nous en aurions subi les répercussions jusqu'ici, c'est certain.

— En fait, continua Gabriel, nous étions justement en train d'enquêter quand vous êtes arrivé. Certains ont dit avoir vu une bête étrange dans la montagne, et je crois qu'ils ont raison... il y a un yéti qui se cache dans le mont Sugarloaf, j'en suis convaincu.

Ania soupira fortement.

— Ne l'écoutez pas, Monsieur Jean-Pierre, dit-elle. Les histoires de Gabriel sont complètement insensées.

L'homme fit une grimace inconfortable.

— Mmm... je sais que ça va avoir l'air bizarre, dit-il, mais il y a peut-être du vrai dans cette histoire.

— Que voulez-vous dire ? demanda Gabriel en se redressant sur sa chaise.

— Eh bien, j'habite Lac-des-Lys, de l'autre côté du parc Sugarloaf, expliqua-t-il. C'est une toute petite communauté. Les maisons sont éloignées les unes des autres, et nous avons tous de grands terrains. L'an dernier, j'ai installé une caméra sur mes terres, pour capter des photos des animaux qui y vivent.

Il fit une pause et prit une gorgée de chocolat chaud avant de continuer.

– C'est une caméra sans fil, connectée à Internet. Au cours des derniers mois, j'ai capté des chevreuils, des perdrix, des renards, et même un coyote une fois. Ce sont tous des animaux qu'on retrouve dans la faune du Nouveau-Brunswick. Mais, la semaine dernière, j'ai vu quelque chose de vraiment étrange sur l'une de ces images.

– Quoi ? s'égosilla Gabriel. Un yéti ?

– Je ne sais pas ce que c'est, répondit Jean-Pierre. Ma conjointe dit que c'est un ours, mais…

– Est-ce qu'on pourrait voir cette photo ? demanda Gabriel, qui ne tenait plus en place.

Jean-Pierre jeta un coup d'œil dehors et remarqua que la tempête s'était estompée aussi rapidement qu'elle avait commencé.

– Faudrait d'abord que vous demandiez la permission, dit-il.

– Pas de problème ! s'écria Gabriel en sortant son téléphone. Comme Samia vous connaît, je suis certain que mamie sera d'accord.

CHAPITRE 11

UN VÉRITABLE MANOIR

Comme Gabriel l'avait prédit, mamie ne s'était pas opposée à la demande des Trois Mousquetaires. Le chemin qui menait en direction de Lac-des-Lys s'avéra être une interminable série de courbes plus serrées les unes que les autres.

– Mmm… murmura Mamadou en serrant les lèvres. J'ai un léger mal de cœur.

– Tu n'aurais pas ce problème si tu ne t'étais pas empiffré au déjeuner, gronda Ania.

– C'est à cause de notre expédition dans la montagne, se lamenta Mamadou. J'avais besoin d'énergie…

Lorsqu'ils arrivèrent au village de Val-d'Amour, le panneau routier qui leur souhaitait la bienvenue indiquait qu'ils se trouvaient au sommet de l'Acadie. Au-dessous se trouvait une photo de la célébrité locale, le populaire chanteur connu simplement sous le nom de Jean-Marc.

– Oh ! j'avais oublié que c'est ici que vit Jean-Marc ! s'écria Ania. Est-ce qu'on va passer devant sa maison, Monsieur Jean-Pierre ?

– Oui, répondit Jean-Pierre, ses parents habitent sur le chemin qui mène chez moi.

– Super ! s'exclama Ania. Vous ralentirez pour qu'on puisse bien la voir, d'accord ?

– Voyons ! calme-toi, bougonna Gabriel. Il n'y a pas de quoi s'exciter, c'est juste une maison.

– Si tel est ton désir, je me calmerai, chantonna coquinement Ania en reprenant le refrain de l'une des chansons de Jean-Marc.

– Serais-tu jaloux, Gabriel ? demanda Mamadou avec un sourire narquois.

– Je... quoi ? Je ne suis pas jaloux ! s'indigna Gabriel en devenant écarlate. Je faisais seulement remarquer que ce n'est qu'une maison, c'est tout... Pff... jaloux, moi... non, mais...

Ania pouffa de rire et continua de fredonner pendant que Jean-Pierre empruntait l'étroit chemin qui se trouvait à proximité de l'église du village. Quelques instants plus tard, il montra aux Trois Mousquetaires une modeste mais jolie maison blanche au toit et aux volets bleus.

– La voici, la maison de Jean-Marc, annonça Jean-Pierre en mettant légèrement le pied sur le frein.

– Oooh... fit Ania. Je me demande s'il est chez lui...

– Tu sais qu'il habite à Montréal, n'est-ce pas ? demanda Gabriel d'un ton agacé. Tu sembles être sa plus grande admiratrice et tu sais toujours tout...

– Bien sûr que je le sais, espèce d'andouille ! rétorqua Ania.

Puis elle radoucit le ton et reprit d'un ton rêveur :

– Mais on ne sait jamais... Il est peut-être en visite chez ses parents.

Gabriel roula les yeux, mais ne répondit pas.

Un peu plus loin, ils arrivèrent devant une série de bâtiments plats qui se trouvaient sur leur droite.

– C'est ici que je travaille, annonça Jean-Pierre. Il s'agit d'une entreprise qui fabrique des pièces machinées, principalement pour l'industrie forestière, mais aussi pour la construction, l'industrie alimentaire et même aérospatiale.

– Ce ne doit pas être très loin d'où vous demeurez... devina Gabriel.

– Non, et en été, je peux marcher au travail, répondit Jean-Pierre, ce qui est très agréable.

L'automobile roulait toujours sur le chemin Lac-des-Lys quand Mamadou remarqua une demeure qui détonait complètement des maisons des alentours.

– Ça, c'est extra *cool*... dit-il.

Planté sur la colline qui montait en pente douce se trouvait en effet un véritable manoir. De style typiquement européen, l'immense habitation ressemblait à un château. À l'un des coins faisant face à la route s'élevait une tour ronde surmontée d'un toit en forme de cloche. Le bâtiment de trois étages possédait deux larges balcons abrités par une toiture subtilement ouvragée. Malgré le fait que la structure semblait avoir été construite assez récemment, elle dégageait un air de noblesse digne d'un château.

– C'est le manoir de monsieur Zuccanni, expliqua Jean-Pierre. Il s'agit d'un riche industriel qui arrive de la Suisse...

— Tante Samia nous a parlé de lui, dit Ania. Il a fait fortune dans l'industrie du chocolat, n'est-ce pas ?

— C'est exact, dit Jean-Pierre. Il parle d'ailleurs de construire une usine de fabrication de chocolat à Val-d'Amour. C'est ainsi que j'ai fait sa connaissance, il était intéressé par nos services. C'est un chic type, mais il ne sort pas beaucoup. C'est son domestique, Nestor, qui les fait les courses.

— Nestor ? s'écria Gabriel. On se croirait dans un livre de Tintin.

Ania se retourna pour jeter un dernier coup d'œil à l'imposante demeure et remarqua que la voiture de luxe qu'ils avaient vue en ville était garée à l'arrière.

— Et est-ce que c'est le domestique qui conduit cette grosse voiture noire ? demanda-t-elle.

— La plupart du temps, oui, répondit Jean-Pierre. Comme je le disais, son patron ne sort pas très souvent.

— Et quand monsieur Zuccanni compte-t-il exécuter son projet d'usine ? demanda ensuite Ania à l'intention de Jean-Pierre.

— Je ne le sais pas, répondit-il. Au début, il semblait pressé, mais depuis un mois, on dirait qu'il a perdu intérêt.

— Mmm… fit Ania, songeuse.

CHAPITRE 12

UNE IMAGE INSOLITE

Un peu plus loin, ils passèrent devant une maison où une dizaine de véhicules étaient garés pêle-mêle dans la cour.

– Que se passe-t-il ici ? demanda Gabriel, curieux.

Jean-Pierre laissa échapper un petit ricanement avant de répondre.

– Ça, c'est un voisin qui organise des tournois de poker, dit-il. Il y en a qui chialent que c'est contre la loi… mais ça ne les arrête pas d'y participer !

Moins d'un kilomètre plus loin, Jean-Pierre leur indiqua une maison de briques beiges munie d'un long balcon blanc qui en agrémentait la façade.

– Nous voilà arrivés, annonça-t-il. Bienvenue chez moi !

Un véhicule utilitaire gris se trouvait dans le garage et Jean-Pierre gara son auto devant le perron. Il arrêta le moteur, ouvrit sa portière et invita les détectives à le suivre.

– La porte d'en avant donne directement sur le salon, expliqua-t-il en tournant le coin. Suivez-moi, on va entrer par la porte de la cuisine, et je vais vous présenter Sylvianne.

Dès qu'ils eurent franchi le seuil de la porte, une délicieuse odeur de lasagne vint leur chatouiller les narines. Une jeune femme aux cheveux bruns, affairée dans la cuisine, se tourna vers eux et afficha un air surpris quand elle vit que son conjoint n'était pas seul.

– Tiens, tiens… on dirait que tu nous amènes de la visite, Jean-Pierre, dit-elle en souriant.

– Sylvianne, je te présente les Trois Mousquetaires, répondit-il tout en faisant un geste de la main. Voici Gabriel, Ania et Mamadou.

« Ouaf ! » fit Dali.

– Sans oublier Dali, ajouta-t-il.

– Bonjour… commença Sylvianne, mais elle fut interrompue par l'arrivée d'une fillette qui devait avoir six ou sept ans et qui tourna le coin à toute allure.

La petite portait un casque de Capitaine America sur la tête, une cape de Superman sur le dos et elle brandissait dans sa main une épée faite de styromousse. En voyant les nouveaux arrivés, elle sembla se figer pendant un instant, puis elle aperçut Dali et un large sourire illumina son visage.

– Un crocodile ! s'écria-t-elle. Un gros crocodile ! Viens, crocodile !

Et aussitôt, elle tourna le coin et repartit en courant.

« Wouf ? » fit Dali en regardant Gabriel.

– Allez, vas-y, mon gros crocodile ! lança ce dernier en riant, et son chien disparut à la poursuite de Capitaine America.

– Et ça, c'était Joannie, dit Sylvianne en riant elle aussi. Notre super-héroïne et chasseuse de crocodiles.

Jean-Pierre expliqua à sa femme que les jeunes détectives étaient en train d'enquêter sur les mystérieuses observations qui avaient été faites dans la région au cours des dernières semaines.

– Et tu veux leur montrer la photo de l'ours ? demanda-t-elle avec un sourire moqueur.

– Un ours, un ours ! Ce n'est pas certain que ce soit un ours… grommela Jean-Pierre. Venez, je vais vous montrer…

Il enleva ses bottes. Les Trois Mousquetaires l'imitèrent et le suivirent dans un bureau où sommeillait un ordinateur portable et une imprimante. Jean-Pierre saisit une feuille qui se trouvait juste à côté.

– Voilà la photo en question, dit-il simplement. Je l'ai imprimée à partir de mon ordinateur.

L'image en noir et blanc était floue et la neige, brouillant l'objectif, contribuait à en dégrader la clarté. Mais on y distinguait une forme sombre, immense et poilue, qui faisait à moitié dos à la caméra.

– Un yéti ! déclara fermement Gabriel.

– Un ours ! dit Ania.

– Un ours a un museau assez prononcé, dit Gabriel. Vois-tu un museau sur cet animal ?

– Non, mais c'est peut-être parce que sa tête est tournée, répondit Ania.

– D'accord, mais regarde comme il est penché, s'obstina Gabriel. Les ours ne marchent pas ainsi !

– Mmm… fit Ania. Ce n'est pas concluant. Il pourrait simplement s'agir de l'angle dans lequel la photo a été prise. Mais, d'accord, cette image est insolite…

Elle se tourna vers Jean-Pierre.

– Pourrions-nous nous rendre à l'endroit où cette photo a été prise ? demanda-t-elle.

– Bien sûr, répondit celui-ci. J'ai un VTT à quatre places dans le garage. Ça ne nous prendra pas plus de dix minutes.

– Yé ! s'exclama Gabriel.

– Yé… ti ? compléta Mamadou en riant.

– Exactement ! répliqua Gabriel.

Puis il pensa à son chien.

– Est-ce que Dali peut rester jouer avec Joannie, Monsieur Jean-Pierre ?

– Ils ont l'air de si bien s'amuser tous les deux, répondit-il, que je m'en voudrais de mettre fin à leurs jeux.

– Allons-y, dit Ania. Nous découvrirons peut-être d'autres indices sur ce mystérieux animal…

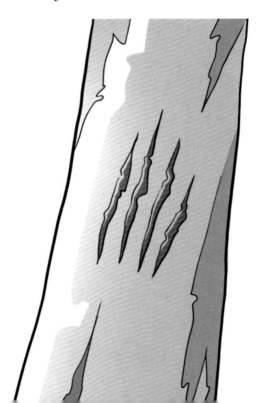

CHAPITRE 13

SUR LES TRACES DE LA BÊTE

Jean-Pierre ouvrit la porte du garage, et les Trois Mousquetaires échangèrent un coup d'œil inquiet.

– C'est mon T-Rex, déclara-t-il fièrement. C'est un véhicule de deu-xième main… ou de troisième ou de quatrième… Neuve, cette bête peut facilement coûter plus de vingt mille dollars, mais j'ai négocié serré et je l'ai obtenue pour cinq cents piastres !

Le véhicule tout-terrain que Jean-Pierre avait baptisé T-Rex ressem-blait à un gros insecte motorisé. Vu de l'avant, l'arrangement des lumières et de la calandre rappelait le visage d'une de ces vilaines créatures extra-terrestres que l'on voit parfois dans les films de science-fiction. Au-dessus du véhicule, des tuyaux de métal s'entre-mêlaient, faisant office de toit, et à la place des roues se trouvait un vétuste système de chenilles. Mais un autre détail sautait aussi aux yeux : cette machine avait assurément vu ses meilleurs jours.

– Ne vous inquiétez pas, mon T-Rex est très sécuritaire ! lança-t-il. Je l'ai retapé moi-même avec des pièces que... euh... ben... que j'ai achetées au rabais... vous savez, de deuxième ou troisième main...

– Vous avez baptisé votre machine T-Rex parce qu'elle ressemble à un dinosaure ? demanda Mamadou.

Le sourire de Jean-Pierre s'élargit davantage.

– Un peu, mais vous voyez ce gros bouton rouge ? dit-il en indiquant du doigt le tableau de bord. Il active un klaxon qui imite le rugissement d'un tyrannosaure *rex*. J'ai trouvé ça sur eBay.

– Super ! fit Mamadou.

– J'adore les dinosaures, dit rêveusement Gabriel.

– Je ne peux pas vous le faire entendre ici, dit Jean-Pierre d'un air contrit. Ça fait un bruit d'enfer et Sylvianne n'aime pas ça. Peut-être plus tard, quand nous serons dans la forêt...

Il se dirigea vers une étagère où se trouvaient plusieurs casques de motoneige.

– Même si mon T-Rex est très sécuritaire, il faut quand même porter ceci, dit-il en revenant vers eux.

Gabriel leva les sourcils et regarda ses amis.

– Parfait ! dit-il en enfilant un casque trop grand qui ballottait sur sa tête. Allons-y !

Cinq minutes plus tard, le T-Rex gravissait courageusement le sentier qui s'élevait en pente douce, faisant fi de la neige qui s'était accumulée en grande quantité. Des branches de sapins chargées de neige fouettaient occasionnellement le pare-brise du véhicule, entraînant de fortes chutes de poudre blanche.

– Ce chemin mène à un lac, cria Jean-Pierre pour se faire entendre au-dessus du bruit de la machine, qui grondait et qui gémissait. Mais nous n'allons pas nous rendre jusque-là, nous arrivons déjà à l'endroit où j'ai installé ma caméra.

Moins d'une minute plus tard, il arrêta le moteur et sauta en bas du véhicule, suivi des Trois Mousquetaires.

– La caméra est juste là, dit-il en pointant un arbre qui se trouvait légèrement en retrait.

Ania fixa l'appareil pendant un instant, puis traça du doigt une ligne imaginaire.

– Donc, selon l'angle de la caméra, dit-elle en marchant vers sa droite, la bête se trouvait approximativement là quand la photo a été prise. Vous n'avez remarqué aucune trace dans la neige ?

– Non, répondit Jean-Pierre. Plusieurs jours se sont écoulés entre le moment où la photo a été prise et celui où je l'ai remarquée. Il a neigé abondamment entre les deux, alors…

– Le nord est par là ? demanda ensuite Ania en pointant vaguement la direction d'où ils étaient venus.

Jean-Pierre sonda le ciel et sembla considérer la question pendant un instant.

– C'est ça, dit-il.

– Mmm… fit Ania en tournant sur elle-même. L'animal aurait donc traversé le sentier de biais, en venant du sud-est, et se serait dirigé vers le nord-ouest.

Elle regarda Jean-Pierre.

– Et vous dites qu'il y a un lac au bout de ce sentier, n'est-ce pas ? demanda-t-elle.

– Le lac Caldwell, confirma Jean-Pierre. C'est là qu'habite mon patron. Il possède une maison qui donne sur le lac, avec un petit chalet à côté.

Ania fit un demi-tour sur elle-même.

— Et par là, c'est le chemin Lac-des-Lys, n'est-ce pas ?

Jean-Pierre hocha la tête, admiratif.

— Tu as tout un sens de l'observation, dit-il.

Ania étudia le sentier et remarqua que les dépressions laissées précédemment dans la neige par le VTT s'arrêtaient à quelques mètres de l'endroit où ils se trouvaient. Jean-Pierre venait sans doute ici assez régulièrement pour vérifier sa caméra, mais ne se rendait guère plus loin avant de rebrousser chemin.

— Peut-on laisser votre T-Rex ici ? lui demanda-t-elle. Je voudrais faire un bout à pied.

— Aucun problème ! répondit celui-ci. Ce chemin m'appartient, alors je peux laisser mon VTT où je veux.

— Très bien, dit Ania en écartant une branche qui bloquait la voie. Suivez-moi.

Elle marchait lentement, s'arrêtant de temps à autre pour étudier les alentours.

— Qu'est-ce qu'on cherche au juste ? demanda Gabriel.

— Rien… Tout… répondit-elle de façon énigmatique.

Elle fit quelques autres pas, puis se figea sur place.

— Là-bas, dit-elle simplement.

À une dizaine de mètres devant eux se trouvaient une série d'alvéoles profondes et régulières.

— Des traces de yéti ! s'écria Gabriel en se mettant à courir.

Il s'arrêta devant les empreintes qui traversaient le sentier en zigzaguant à perte de vue des deux côtés.

– Regardez ! Elles sont recouvertes par seulement quelques centimètres de neige, ce qui veut dire qu'elles sont assez récentes, dit-il.

– Avez-vous remarqué qu'il y a une deuxième série de traces ? demanda Mamadou, qui arrivait. Mais on dirait qu'elles sont de plus petite taille.

– Mmm… voilà qui est intéressant, déclara Ania.

– C'est peut-être les traces de quelqu'un qui était à la poursuite du yéti ! supposa Gabriel.

Il se tourna vers Jean-Pierre.

– Connaissez-vous des chasseurs de yéti ? demanda-t-il.

– Des chasseurs de… ? commença Jean-Pierre. Mmm… non, je connais des chasseurs de perdrix, c'est tout.

Ania leva les yeux au ciel et secoua la tête.

– Gabriel, tu es le seul chasseur de yéti que l'on connaisse, déclara-t-elle. Suivons ces traces.

Jean-Pierre balança la tête d'un côté, puis de l'autre, comme s'il soupesait le pour et le contre de la proposition d'Ania.

– D'accord, finit-il par dire. Mais seulement sur une courte distance. Je ne voudrais pas arriver face à face avec l'abominable homme des neiges.

– Hourra ! cria Gabriel.

– Formidablement *cool*, dit Mamadou.

Ania sourit, regarda des deux côtés du chemin et choisit de se diriger vers l'ouest.

Ils marchaient depuis plusieurs minutes quand Mamadou s'arrêta et pointa en avant.

– Regardez ça, murmura-t-il.

Sur le tronc d'un grand érable se trouvaient quatre profondes lacérations qui déchiraient l'écorce sur plus de 30 centimètres. Une marque que les Trois Mousquetaires avaient déjà vue une fois…

CHAPITRE 14

UNE PREMIÈRE PISTE

Les jeunes détectives se regardèrent en silence. Jean-Pierre était en train de chercher les mots pour les rassurer quand un mugissement lointain brisa le silence. Il ne s'agissait ni du grognement d'un ours, ni du hurlement d'un loup, mais de quelque chose qui semblait être entre les deux, une sorte de long gémissement empreint d'une profonde tristesse.

– Ce cri semble provenir de la direction du manoir des Zuccanni, fit remarquer Ania.

– Et cette trace de griffes ressemble exactement à celle qu'on a vue sur sa voiture, ajouta Gabriel.

– Voilà notre première piste, déclara Ania en levant un index. Nous faisons du progrès.

Excitée, elle se tourna vers Jean-Pierre.

– Vous avez mentionné que vous connaissiez monsieur Zuccanni, dit-elle. Auriez-vous son numéro de téléphone ?

– Oui, répondit Jean-Pierre, c'est un client, alors…

– Seriez-vous capable d'arranger une rencontre avec lui ? demanda-t-elle ensuite.

– Sûrement, dit-il. Mais puis-je savoir pourquoi ?

– Il y a peut-être un lien entre lui et cette bête, déclara Ania. Mais ne lui dites rien à ce sujet, s'il vous plaît.

Jean-Pierre ouvrit son manteau et sortit son téléphone portable. Il trouva la fiche de son client, composa le numéro et demanda à parler à Zuccanni.

– Bonjour, Hermann, fit-il quelques secondes plus tard. C'est Jean-Pierre… Comment ça va ? Oui… oui… elles vont bien… Et de ton côté ?

Il écouta son interlocuteur pendant un instant avant de reprendre.

– Écoute, Hermann, j'ai trois jeunes ici qui auraient aimé te rencontrer…

Il s'arrêta et regarda les Trois Mousquetaires avant de reprendre.

– Euh… ils… ils sont intéressés par… euh… l'industrie du chocolat ! Voilà ! répondit-il. L'un d'eux en tout cas…

Mamadou afficha un large sourire.

– Oui ? dit Jean-Pierre. Alors, on se voit demain matin… Merci, Hermann. Au revoir.

Il se tourna à nouveau vers ses amis en souriant.

– Demain matin à dix heures, ça vous va ? demanda-t-il.

– C'est excellent, répondit Ania. J'ai hâte à demain. L'histoire de ce monsieur Zuccanni risque d'être fort intéressante.

— Intéressante et inquiétante, dit Jean-Pierre. Il nous faut retourner à la maison, maintenant. J'ai promis à Samia de vous ramener sains et saufs.

Comme il finissait de prononcer ces mots, l'étrange hurlement se fit entendre à nouveau, triste et mélancolique.

CHAPITRE 15

HERMANN ZUCCANNI

L e lendemain matin, Jean-Pierre et les Mousquetaires arrivèrent à la demeure des Zuccanni à dix heures pile. Quand le domestique ouvrit l'imposante double porte qui menait au hall d'entrée, les jeunes détectives eurent littéralement le souffle coupé.

– C'est un peu plus grand que ma maison, chuchota Jean-Pierre en leur faisant un clin d'œil.

– Grandiosement *cool*, dit Mamadou avec de grands yeux ronds.

Le hall était couleur crème fraîche et le plancher de marbre rose était si reluisant qu'on aurait pu s'en servir comme miroir. De chaque côté, un grand escalier muni d'une main courante dorée montait en demi-lune vers les étages supérieurs. Les meubles qui agrémentaient l'espace étaient visiblement des antiquités de grande valeur et les œuvres accrochées aux murs auraient pu se retrouver dans un musée. Mais ce qui retenait le plus l'attention était une sculpture de bronze

qui était située entre les deux escaliers et qui représentait un homme anormalement mince et allongé, marchant avec le buste droit et les bras ballants.

Pour une raison qu'elle ne pouvait s'expliquer, Ania était comme hypnotisée par le magnétisme qui émanait de cette sculpture.

– J'imagine que vous êtes ici pour voir maître Zuccanni ? demanda le domestique en les tirant de leur stupeur.

– C'est bien ça, Nestor, répondit Jean-Pierre. Nous avons un rendez-vous.

Le majordome leva un sourcil et fit une moue qui en disait beaucoup.

– Monsieur Zuccanni est un homme très occupé, dit-il sèchement.

– Je sais, Nestor, mais nous avons rendez-vous avec lui, répéta calmement Jean-Pierre.

– Et cet animal a un aussi un rendez-vous avec monsieur Zuccanni ? demanda ensuite le majordome en regardant Dali du coin de l'œil.

– Là où on va, il vient aussi, dit fermement Gabriel, qui commençait en avoir assez de l'attitude hautaine de cet homme.

– Très bien, fit Nestor en tournant les talons. Je vais voir si le maître peut vous recevoir…

Il disparut derrière une arche voûtée et claqua une porte derrière lui.

– Non, mais, c'est quoi son problème ? demanda Gabriel.

– Je ne sais pas quelle mouche l'a piqué, répondit Jean-Pierre. Habituellement, il est très poli… Peut-être s'est-il levé du mauvais côté du lit ?

Le regard d'Ania retourna vers la sculpture qui se trouvait devant les escaliers.

– Ça ne vous fait pas penser à quelque chose ? demanda-t-elle en leur indiquant l'œuvre de bronze. Ces membres trop longs… cette démarche bizarre…

– Mmm… oui, mais… hésita Gabriel.

Soudainement, un éclair passa dans ses yeux.

– Le yéti, s'écria-t-il. Ça me rappelle la démarche du yéti !

Ania le regarda avec de grands yeux ronds.

– Tu as mis le doigt dessus, murmura-t-elle. Cette figure ne ressemble vraiment pas au yéti, mais cette façon de marcher est exactement…

Elle fut interrompue par l'arrivée de monsieur Zuccanni.

– Ah ! Bonjour, les amis ! lança le nouveau venu en s'avançant vers eux, les mains ouvertes devant lui.

Il s'approcha de Jean-Pierre et lui serra fermement la main. L'homme aux yeux gris devait avoir moins de trente ans et avait indéniablement l'allure européenne. À l'image d'une vedette de cinéma, il avait les traits fins et ses cheveux étaient méticuleusement gélifiés et brossés vers l'arrière. Il n'était pas très grand – environ de la même stature que Jean-Pierre –, mais dégageait une présence qui imposait le respect. Une écharpe jaune drapait paresseusement ses épaules.

– Bienvenue dans mon humble demeure, mon cher ami, dit-il. Voilà donc les trois jeunes qui veulent faire ma connaissance… et quel beau chien vous avez !

– Voici Ania, Gabriel et Mamadou, dit Jean-Pierre.

– Bonjour, Monsieur Zuccanni, récitèrent ensemble les Trois Mousquetaires.

– Ouaf ! fit Dali en remuant la queue.

– Oups ! j'allais oublier Dali, ajouta Jean-Pierre en tapotant la tête de l'animal.

– Les chiens sont également les bienvenus chez moi, affirma Zuccanni. Mais ne restons pas dans le vestibule… Allez ! Venez, venez !

– Monsieur Zuccanni… ? commença Ania.

– Oui ? fit ce dernier en s'arrêtant

– Je n'ai pu m'empêcher de remarquer cette sculpture, dit Ania. Elle est absolument superbe…

– Ah ! fit l'homme et, bizarrement, sa mine sembla s'assombrir quelque peu. Il s'agit de l'œuvre de l'un des plus grands artistes suisses du début du siècle, Alberto Giacometti. Elle s'intitule *L'homme qui marche*…

– Elle est d'une grande beauté, dit Ania. Elle doit avoir beaucoup de valeur…

– Oui, en effet. C'est l'une de dix copies faites par ce maître-sculpteur, répondit-il.

L'homme sembla hésiter pendant un instant, puis détourna les yeux avant de continuer.

– Cette sculpture a aussi une grande valeur… euh… affective pour ma famille.

Ania ne comprenait pas ce qui troublait Zuccanni à propos de cette statue, mais il ne s'expliqua pas davantage, et elle décida de ne pas pousser plus loin ses questions pour le moment.

Ils se dirigèrent vers un salon doté d'un immense foyer, où ils prirent place dans de confortables causeuses, installées en demi-cercle autour d'une table basse.

– Vous prendrez bien quelque chose ? demanda ce dernier. Un thé ou un café pour toi, Jean-Pierre, et peut-être un chocolat chaud pour vous, les jeunes ?

– Mmm… du chocolat chaud… dit immédiatement Mamadou avec un grand sourire.

– Il est fait avec le fameux chocolat de la famille Zuccanni, déclara fièrement leur hôte. Vous n'en trouverez pas de meilleur.

Le sourire de Mamadou s'élargit davantage.

– Et un café pour moi, dit Jean-Pierre.

Zuccanni agita une petite cloche qui se trouvait sur le coin de la table et quelques secondes plus tard, Nestor apparut dans la pièce.

– Oui, Monsieur ? demanda-t-il en effectuant une légère courbette.

– Pourrais-tu nous apporter deux cafés et trois chocolats chauds, mon bon Nestor ?

– Très bien, Monsieur, dit Nestor en refaisant sa courbette, puis il tira sa révérence.

– Votre majordome n'a pas l'air dans son assiette… fit remarquer Ania.

Pour la deuxième fois depuis leur arrivée, la mine du maître de la maison s'assombrit. Il adressa à Ania un sourire empreint de tristesse.

— Nestor est un fidèle serviteur, dit Hermann Zuccanni, et il peut parfois se montrer un peu trop... mmm... comment dirais-je... ? mmm... protecteur, disons...

— Protecteur ? demanda Ania. De quoi a-t-il besoin de vous protéger ?

Avant que Zuccanni ne puisse leur répondre, un jeune garçon fit irruption dans la pièce en tenant à bout de bras un modèle réduit d'un avion biplan de la Première Guerre mondiale.

— Vrrrroooooouuuuum ! fit-il en exécutant plusieurs tonneaux avec l'avion rouge avant de le faire foncer en vrille vers le plancher. Woooouush !

Une jeune femme qui le suivait arriva en souriant.

— Richard, dit celle-ci, ne dérange pas papa, tu vois bien qu'il a des invités.

Zuccanni se leva et ouvrit les bras.

— Viens par ici, mon petit Richard, dit-il, et son visage s'illumina. Et toi aussi, chérie, je voulais justement vous présenter à nos invités. Tu connais déjà Jean-Pierre...

Madame Zuccanni hocha la tête et s'approcha en souriant.

— Bonjour, Jean-Pierre, dit-elle.

Puis elle se tourna vers les Trois Mousquetaires.

— Je suis Léa et voici notre petit trésor, Richard. Bienvenue chez nous...

Quand les présentations furent terminées, le petit garçon pointa un index en direction de Dali.

— Maman, puis-je jouer avec le toutou ? demanda-t-il d'une voix enjôleuse.

— Pas maintenant, répondit sa mère avec un sourire. La prochaine fois peut-être. Mais pour le moment, c'est l'heure de ton bain… et tu en as vraiment besoin !

Son fils tenta de lui faire changer d'idée, mais sans succès. Hermann Zuccanni leur sourit, puis regarda son épouse s'éloigner avec leur enfant dans les bras.

Ania remarqua, pour la troisième fois en quelques minutes, qu'une profonde tristesse semblait s'être emparée de l'Européen.

Nestor arriva avec un plateau d'argent sur lequel se trouvaient les boissons chaudes. Il le déposa sur la table, jeta un coup d'œil en direction de son maître, qui lui sourit et hocha la tête. Le majordome s'inclina légèrement avant de repartir.

Quand Nestor eut disparu, Ania se tourna vers leur hôte.

— Je ne voudrais pas être impolie, mais vous semblez préoccupé, Monsieur Zuccanni, fit-elle remarquer. Y a-t-il quelque chose qui ne va pas ?

Zuccanni tourna légèrement la tête et fixa le vide pendant un instant. Avant qu'il ne réponde, Ania décida d'enchaîner.

— Votre inquiétude a-t-elle quelque chose à voir avec cette bête qui rôde dans la montagne ?

L'homme devint blême.

— Co… comment savez-vous cela… ? balbutia-t-il.

— Il y a des rumeurs qui courent qu'un animal bizarre a été aperçu dans les environs, expliqua Ania. Nous avons vu ses traces et nous avons entendu son cri – qui semblait provenir de cette direction. Il a aussi laissé des marques de griffes sur un arbre dans la forêt… des marques identiques à celles qui se trouvent sur votre voiture.

Hermann Zuccanni secoua la tête en regardant le plancher.

– Je ne voudrais surtout pas vous importuner avec mes malheurs, dit-il.

– Pensez-vous qu'il puisse s'agir d'un ours ? demanda Ania.

– Si seulement ce n'était que ça, répondit leur hôte. Il s'agit malheureusement de quelque chose de bien plus étrange…

Les Trois Mousquetaires se regardèrent en silence.

– Alors, de quoi s'agit-il ? demanda Gabriel.

– Avez-vous du temps ? Parce qu'il s'agit d'un récit qui s'étend sur plusieurs générations, prévint monsieur Zuccanni.

CHAPITRE 16

UNE HISTOIRE EFFRAYANTE

Tout commença en 1901, à l'époque où mon arrière-grand-père était encore un jeune homme.

Zuccanni haussa les épaules et leur adressa un sourire gêné avant de continuer.

– C'est la première fois que j'en parle à quelqu'un de ce côté-ci de l'Atlantique, avoua-t-il. Mon arrière-grand-père était le cadet d'une famille nombreuse, et si l'on en croit les histoires à son sujet, il était un tantinet excentrique… peut-être même un peu fou. On raconte que l'une de ses nombreuses lubies était l'abominable homme des neiges, le fameux yéti. Il en parlait sans arrêt à tous ceux qui voulaient bien l'entendre, ce qui faisait qu'il était souvent la cible de railleries mesquines de la part des gens du village. Le jour de son vingtième anniversaire de naissance, il décida d'organiser une expédition dans l'Himalaya, au Tibet, dans le but de prouver l'existence du mythique animal. Il tenta de convaincre quelques amis de l'accompagner, mais bien entendu, personne ne voulut participer à cette folle aventure. Mon aïeul décida donc, malgré les protestations de ses proches, de partir en solitaire.

— Un peu comme dans *Tintin au Tibet*, fit remarquer Gabriel, qui connaissait tout de cette série de bandes dessinées.

— Il est parti tout seul dans les montagnes de l'Himalaya ? demanda Mamadou. Voilà un homme courageux.

— De la folie ! ne put s'empêcher de dire Ania.

— C'est comme je vous l'ai dit, poursuivit Zuccanni, c'était un excentrique. Enfin, il est parti en promettant de revenir après quelques mois, avec la preuve que le yéti existait. Deux mois s'écoulèrent, puis trois et quatre sans que personne ne reçoive de nouvelles de lui. La famille commençait évidemment à s'inquiéter. Les autorités gouvernementales ne purent faire grand-chose pour la rassurer. Une année entière passa, puis une deuxième et, naturellement, tout le monde le présumait mort dans la montagne. Au bout de trois ans, la famille décida d'organiser des funérailles pour enfin tourner la page sur ce triste épisode.

— Mais il n'était pas mort, n'est-ce pas ? demanda Ania.

— Non… soupira Zuccanni en secouant la tête, il n'était pas mort. Quelques jours avant la cérémonie, un homme maigre et barbu, aux longs cheveux gris, arriva au village en racontant des histoires abracadabrantes. Cet individu jurait avoir découvert une créature fantastique dans les montagnes du Tibet, une créature qu'il avait surnommée le colosse des neiges. Il disait que cette bête l'avait enlevé et gardé captif pendant près de trois ans avant qu'il réussisse à s'échapper. C'était bien entendu mon arrière-grand-père. Mais personne ne l'avait reconnu, car il semblait avoir vieilli de vingt ans.

– Il avait été enlevé par le yéti ? demanda Gabriel.

– C'est ce qu'il racontait, soupira Zuccanni, mais évidemment, personne n'a jamais été en mesure de vérifier son histoire. Il retourna vivre chez ses parents et retrouva une vie à peu près normale. En fait, à la demande de sa famille, mon arrière-grand-père arrêta complètement de parler de cette histoire. Quelques années plus tard, il rencontra une femme qui était l'héritière d'une petite usine qui produisait du chocolat. Ils se marièrent et, ensemble, montèrent une entreprise qui devint l'une des plus célèbres et, surtout, l'une des plus prospères de la Suisse : la chocolaterie Zuccanni. Mon arrière-grand-père était bizarre, mais il avait la bosse des affaires. Lui et sa femme eurent deux fils et tout semblait aller pour le mieux. Mais en réalité, mon arrière-grand-père continuait de mener un combat silencieux contre ses démons. Un jour, alors que son fils aîné venait d'avoir cinq ans, une rumeur commença à courir qu'un énorme ours brun rôdait dans ce coin des Alpes. Soudain, ses lubies ressurgirent. Mon ancêtre était convaincu qu'il ne s'agissait pas d'un ours, mais bien du colosse des neiges. Il devint très protecteur de ses enfants et recommença à parler ouvertement de son obsession, avertissant tout le monde de ne pas s'éloigner du village.

– Une sage décision, fit remarquer Mamadou.

Zuccanni lui sourit tristement, puis continua.

– Mais son fils aîné, qui commençait à s'ennuyer, décida de défier cet ordre et alla jouer sur un sommet des environs. Une tempête se leva et on ne le revit jamais plus. Pour mon arrière-grand-père, il s'agissait bien sûr de la malédiction du colosse des neiges. Cet accident le poussa une fois pour toutes dans le gouffre de la folie. Il n'arrêtait pas de répéter que la malédiction du colosse des neiges s'était abattue sur la famille… Six mois plus tard, il était mort.

– Brrr… fit Ania en croisant les bras. Quelle histoire effrayante.

– En effet, dit Hermann Zuccanni. Mais elle ne fait que commencer…

CHAPITRE 17

LA LÉGENDE DU COLOSSE DES NEIGES

Zuccanni regarda longuement ses invités, prit sa tasse, puis la déposa sur la table sans avoir rien bu.

– Vous êtes certains de vouloir entendre le reste de l'histoire ? demanda-t-il.

Assis sur le bout de leur chaise, les Trois Mousquetaires hochèrent vigoureusement la tête.

– Très bien… Après la mort de mon arrière-grand-père et avec la disparition de l'aîné, c'est le cadet, Lorenzo, qui hérita de l'entreprise familiale. Contrairement à son père, Lorenzo mena une existence plutôt tranquille. Il se maria sur le tard et eut un seul enfant, qu'il appela William : mon père ! Quand, à l'âge de soixante-cinq ans, grand-papa Lorenzo perdit son épouse, mes parents l'invitèrent à

vivre chez nous. Moi et mon plus jeune frère, Richard, étions ravis de l'accueillir.

— Votre fils a le même nom que votre frère, fit remarquer Mamadou. C'est *cool*.

— Avait le même nom, précisa sombrement Zuccanni.

Jean-Pierre et les Trois Mousquetaires échangèrent un regard interrogateur.

— Vous allez bientôt comprendre, dit l'Européen. Même si grand-papa Lorenzo n'en avait jamais parlé, il fut profondément marqué par la folie de son père et la disparition de son frère dans l'immensité des Alpes, alors que lui-même était encore un jeune enfant… Parce que peu de temps après son arrivée chez nous, il se mit à son tour à parler de la légende du colosse des neiges. Mon père, qui ne croyait pas à ces balivernes, le pria d'arrêter ces histoires, qui nous effrayaient Richard et moi. Mais mon grand-père ne semblait pas être en mesure de se contrôler. Il devint convaincu que la malédiction du colosse des neiges allait peser à jamais sur la famille Zuccanni. En fin de compte, comme son père à lui, grand-papa Lorenzo finit par perdre l'esprit.

— Ça fait plusieurs membres de votre famille qui… euh… qui perdent la boule, déclara maladroitement Gabriel.

Ania le foudroya du regard, mais avant qu'elle ne puisse dire quoi que ce soit, Zuccanni acquiesça de la tête.

— Tu as raison, Gabriel, dit-il tristement. Et grand-père termina ses jours dans un foyer, à délirer à propos du colosse des neiges. Après sa mort, personne ne parla de cette histoire pendant très longtemps. Mais un jour, au petit-déjeuner, mon frère Richard commença à poser des questions au sujet du colosse des neiges. Furieux, mon père le rabroua; la dernière chose qu'il voulait était de ramener cette douloureuse histoire à la surface.

Zuccanni prit une gorgée de café refroidi et fit une grimace.

– Une querelle s'ensuivit. Il faut dire qu'à cette époque ça ne prenait pas grand-chose pour qu'une dispute éclate entre ces deux-là. Contrairement à moi, qui étais sérieux et travailleur, Richard était rêveur et irresponsable. Je crois que c'est pour cela qu'il semblait incapable de s'entendre avec papa… ils étaient trop différents. Et pour rendre les choses encore pires, l'intérêt de Richard pour le colosse des neiges ne cessa de grandir, ce qui devint rapidement une source de discorde entre lui et papa.

Leur hôte passa une main sur son visage avant de continuer.

– Avec le temps, leurs disputes se firent de plus en plus fréquentes. Papa aurait voulu que Richard s'intéresse à l'entreprise familiale, mais sans succès. Mon frère préférait passer ses journées perdu dans ses livres. Il était particulièrement friand des romans de détectives… Je me rappelle qu'il pouvait lire et relire les aventures de Sherlock Holmes dix fois par année, surtout *Le chien des Baskerville*, qu'il semblait toujours traîner avec lui.

– Je l'ai lu moi aussi, intervint Ania. C'est un excellent roman.

– Sûrement, dit Zuccanni en souriant tristement. À part la lecture, Richard n'avait qu'une autre passion : les animaux. Ce qu'il avait appris à Mystie, notre chien, était incroyable… Mais, évidemment, cela ne faisait pas l'affaire de papa. À un moment donné, Richard avait même dit à mon père qu'il préférerait un emploi dans une animalerie plutôt que de travailler derrière un bureau à l'usine familiale. Mon père est devenu de plus en plus dur, il ne comprenait pas pourquoi Richard n'était pas davantage comme moi et le menaçait même de le déshériter s'il ne se prenait pas en main. Plus mon père mettait de la pression sur Richard, plus celui-ci se repliait sur lui-même. Quand je me suis marié et que j'ai quitté la maison, les choses ont empiré.

Monsieur Zuccanni ferma les yeux et laissa échapper un soupir accablé

– Éventuellement, ce qui devait arriver arriva, dit-il d'une voix rauque. Un soir, alors que j'étais en visite chez mon père, une violente tempête se leva, ce qui poussa Richard à parler du colosse des neiges. Une querelle terrible éclata entre les deux. Le ton monta, monta, et Richard partit en claquant la porte et en jurant de ne plus jamais revenir. Je le vois encore s'élancer vers la montagne en pleurant. J'aurais voulu le retenir, mais dans sa furie, mon père m'en empêcha. Il était tellement en colère qu'il ne voulut rien entendre de mes supplications. « Laisse-le faire, il va revenir en s'excusant ! » disait-il. Mais, une heure plus tard, il commença à s'inquiéter et comprit ce qu'il avait fait.

L'Européen fit une pause et se frotta distraitement le menton.

– Nous sommes partis à la recherche de Richard. Nous avons suivi ses traces sur un kilomètre, avant d'apercevoir son écharpe jaune qui, accrochée à une branche, battait au vent. Au pied de l'arbre, croisant celles de Richard, se trouvaient de larges traces de pas. On aurait dit qu'une bagarre avait éclaté à cet endroit et une seule paire de traces montaient vers la montagne… laissées par des pieds énormes. Nous avons bien tenté de les suivre, mais la neige qui tombait furieusement a vite fait de tout recouvrir. Je n'ai plus revu mon frère…

Zuccanni essuya distraitement une larme qui avait roulé sur sa joue.

– Vous aussi, vous portez une écharpe jaune, dit doucement Ania.

– Je la porte en tout temps, en souvenir de Richard, déclara leur hôte. Mon père, qui n'avait jamais cru avant à l'histoire du colosse des neiges, fut fortement ébranlé. Rongé par le remords, il commença à marmonner sans arrêt en se demandant quelles étaient ces traces dans la neige et en maudissant la malédiction des Zuccanni. Il a sombré dans une profonde dépression et, quelques mois plus tard, il s'éteignait à son tour. Il y a de cela six ans… peu de temps avant la naissance de notre fils, qu'il n'aura jamais connu.

– Et c'est pour oublier tout cela que vous avez déménagé ici ? demanda Gabriel.

– Non, répondit Zuccanni et son regard se durcit quelque peu. Croyez-le ou non, cette histoire n'est pas finie…

CHAPITRE 18

UN MYSTÈRE DIGNE DES TROIS MOUSQUETAIRES

Z uccanni sembla tout à coup incapable de rester assis. Il se dirigea vers la fenêtre et continua à parler tout en fixant la forêt. La tristesse semblait maintenant faire place à une colère sourde.

– Quelques mois après la mort de mon père, notre fils est venu au monde, dit-il, les dents serrées. En mémoire de mon frère disparu, nous l'avons appelé Richard et nous avons vécu ensemble quatre années de véritable bonheur. Puis, l'an dernier, cinq ans jour pour jour après la disparition de mon frère, nous avons entendu des hurlements terribles, à la fois tristes et menaçants, qui venaient de la montagne. Peu de temps après, des actes de vandalisme commencèrent à être perpétrés contre notre propriété : les pneus de notre voiture lacérés, des fenêtres brisées

et enfin des traces de griffes sur la porte de notre demeure. Nous avons décidé d'appeler les policiers, qui sont venus et ont fait enquête, mais avec le peu d'indices que nous possédions, ils n'ont pas pu faire grand-chose.

Hermann Zuccanni haussa les épaules et continua de fixer la couche de neige immaculée d'un regard éteint.

— Le lendemain, ma femme, Léa, était en train de jouer dans le jardin avec notre petit Richard, quand elle a aperçu, à l'orée de la forêt, une bête qui les observait en silence. Une sorte de grand singe aux longs poils bruns, avec un crâne en forme de cône : exactement comment mon arrière-grand-père avait décrit le colosse des neiges. Mon épouse hurla de terreur et l'animal tourna le dos avant de s'enfoncer lentement dans les bois. Elle courut à l'intérieur avec Richard dans ses bras et m'appela au bureau. Je me suis précipité à la maison, et c'est là que nous avons décidé de quitter la Suisse. J'ai tout vendu et nous avons déménagé ici, dans un petit village tranquille et accueillant…

Il se tourna à nouveau vers ses invités et son visage était tendu.

— Au début, tout allait pour le mieux, mais le mois dernier, j'ai entendu cette rumeur d'une bête qui rôdait quelque part dans la montagne. Puis, la semaine dernière, nous avons entendu des hurlements… exactement ce que nous entendions en Suisse. Et puis, il y a quelques jours, j'ai trouvé cette horrible trace de griffes sur notre automobile. Aussi invraisemblable que cela puisse sembler, le colosse des neiges nous a suivis jusqu'à Campbellton.

L'Européen arrêta de parler et laissa échapper un soupir affligé.

— Quel mystère… chuchota Gabriel à l'intention de ses amis.

— Pauvre lui… murmura Mamadou.

— Nous devons l'aider, déclara Ania.

CHAPITRE 19

L'ENQUÊTE COMMENCE

Visiblement épuisé, Hermann Zuccanni se laissa choir sur le canapé en se massant lentement le front.

– Monsieur Zuccanni… ? dit doucement Ania. Si vous le permettez, je crois que nous pouvons vous aider.

L'homme releva la tête et contempla ses invités en silence, un sourire mi-figue mi-raisin accroché aux lèvres.

– Je… je ne suis pas certain de comprendre… dit-il finalement.

– C'est que nous sommes en fait les Trois Mousquetaires, une équipe de détectives, expliqua Ania. Et si vous êtes d'accord, nous aimerions faire enquête sur le colosse des neiges.

– Avant que vous ne disiez non, intervint Gabriel en levant un index, sachez que nous avons déjà élucidé plusieurs mystères semblables à celui-ci, dont un à propos d'un monstre marin et un autre où il s'agissait d'un bateau fantôme.

Zuccanni fronça les sourcils et tourna un regard interrogateur vers Jean-Pierre.

— Ils disent vrai, Hermann, dit-il. Ils ont même fait la une des journaux à plusieurs reprises grâce à leurs exploits.

Zuccanni se tourna à nouveau vers les jeunes détectives, mais cette fois avec un soupçon d'espoir dans les yeux.

— Si vous pouvez vraiment faire quelque chose pour ma famille, dit-il, je vous en serai éternellement reconnaissant.

— Très bien, dit Ania en se levant. Nous commençons immédiatement et nous n'arrêterons pas avant d'avoir démasqué ce vilain colosse des neiges.

Les autres l'imitèrent et ils dirent au revoir à leur hôte en promettant de lui donner des nouvelles dès qu'il y aurait du progrès.

De retour dans l'auto, Ania sortit un petit carnet de sa poche et commença à mettre par écrit ce qu'ils avaient appris à propos du colosse des neiges.

— Son histoire est captivante, dit-elle quand elle eut terminé. Mais il y a quelque chose qui cloche dans ce récit.

— Que veux-tu dire ? demanda Gabriel.

— Penses-y, Gabriel… comment une bête comme celle que nous a décrite monsieur Zuccanni a-t-elle pu traverser l'Atlantique ? En première classe sur un vol d'Air Canada ? Je ne le pense pas.

— Ben… c'est comme ça que les malédictions fonctionnent, déclara Gabriel. Inutile de chercher une explication, c'est une malédiction, voilà tout.

– Ne sois pas ridicule, dit Ania. Nous devons envisager la possibilité que le colosse des neiges n'existe pas. Je pense qu'il pourrait tout simplement s'agir d'un ours qui rôde dans la forêt.

– Ah ! Vraiment ? s'offusqua Gabriel. Alors, comment expliques-tu ces marques de griffes… ? Tu as dit toi-même qu'elles ne pouvaient provenir d'un ours !

– Et les hurlements dans la montagne ? ajouta Mamadou. Les ours ne hurlent pas…

– Je sais, et c'est là le vrai mystère, répondit Ania. Peut-être quelqu'un essaie-t-il d'effrayer la famille Zuccanni. Mais dans quel but ?

Elle se tourna vers Jean-Pierre.

– Monsieur Zuccanni a-t-il des ennemis à Campbellton ? demanda-t-elle. Peut-être quelqu'un qui s'opposerait à la construction de son usine de chocolat ?

– Mmm… je ne vois pas… répondit-il. Au contraire, tous ceux à qui j'en ai parlé étaient enchantés par les nombreux emplois que cette entreprise va créer dans la région.

– Et c'est du chocolat, ajouta Mamadou. Personne ne peut être contre le chocolat, Ania !

Cette dernière roula les yeux, mais ne répondit pas. Tout à coup, elle sembla avoir une idée.

– Y a-t-il un endroit dans la région où l'on affûte des outils ? demanda-t-elle.

– Euh… il y a la quincaillerie où on peut faire affiler des patins, répondit Jean-Pierre, mais je ne sais pas s'ils prennent aussi soin des outils. Je connais bien celui qui s'occupe de cela. Son nom est Johnny et on joue au hockey dans la même équipe, les samedis soir.

– Pourrait-on le rencontrer ? demanda Ania, soudain excitée.

— Certainement, on peut même y aller tout de suite, si vous le voulez, suggéra Jean-Pierre.

— Alors, partons ! lança Ania. L'enquête commence !

« Ouaf ! » fit Dali.

CHAPITRE 20

À LA QUINCAILLERIE

Les quatre amis se rendirent au centre commercial d'Atholville, où se trouvait la quincaillerie du coin. Ils laissèrent Dali à somnoler dans la fourgonnette, entrèrent dans le magasin et se dirigèrent vers le rayon des sports.

— Je vais voir si Johnny est là, dit Jean-Pierre.

Il arpenta les allées et repéra un commis qui était occupé à numériser les codes-barres d'une série de casques de hockey.

— Excuse-moi, dit Jean-Pierre en s'approchant du jeune homme. Est-ce que Johnny travaille aujourd'hui ?

— Euh… me semble que oui, répondit l'employé en regardant sa montre. Je crois qu'il est sur son *break*, mais il devrait…

— Ah ben ! si c'est pas JP ! l'interrompit une voix venant de derrière eux. Quécé que tu viens faire icitte ? Laisse-moi deviner : ton VTT s'est encore brisé. Je peux te vendre du *duct tape* pour faire tiendre les morceaux ensemble, si tu veux.

— Hey ! Johnny ! s'écria Jean-Pierre. Non, bien au contraire, mon T-Rex roule comme s'il était neuf ! Je peux te le vendre pour vingt mille dollars si tu veux, c'est une aubaine.

Ils s'esclaffèrent en se donnant une accolade à coup de grandes tapes dans le dos. Quand ils eurent repris leur sérieux, Jean-Pierre présenta les jeunes détectives à son ami en expliquant qu'ils avaient quelques questions à lui poser.

— Pas de problème, dit Johnny en écartant les mains. Demandez-moi ce que vous voulez !

— Eh bien, Jean-Pierre nous dit que vous affilez les lames de patins, commença Ania. Je me demandais s'il vous arrive aussi d'avoir des clients qui veulent faire affûter des outils.

— Ah... ouais, ça arrive, répondit le vendeur. Y a les bûcherons qui ont toutes sortes d'outils, pis des fois y a aussi le monde du Centre d'excellence en bois ouvré du Collège communautaire qui viennent faire un tour...

— Mmm... fit Ania. Avez-vous déjà reçu un client qui aurait voulu faire aiguiser un outil avec quatre lames ? Quelque chose qui ressemblerait à de grosses griffes ?

Elle plia les doigts et fit un geste de la main pour illustrer ce qu'elle voulait dire. Johnny fronça les sourcils et prit quelques instants pour fouiller sa mémoire.

— Oui, y a un gars qui est venu icitte ça fait deux ou trois semaines avec une drôle de faucille, dit-il finalement. Ça ressemblait à celle-là du mage dans *Astérix*. Vous connaissez les histoires d'Astérix, hein ?

— Bien sûr ! s'écria Gabriel. J'adore les bandes dessinées. Mais ce n'est pas un mage, il s'appelle Panoramix et c'est un druide. Son instrument s'appelle une serpe et elle est en or, et c'est lui qui fait la potion magique et Obélix est tombé dedans quand il était petit et...

– Oui, oui, coupa Ania, c'est ça. Mais on n'est pas venus ici pour écouter ton résumé des trente-cinq albums de la série.

Ania ignora Gabriel, qui virait au pourpre, et se tourna de nouveau vers Johnny.

– Veuillez excuser mon ami, il est tombé dans la potion à sottises quand il était petit, dit-elle avec un sourire en coin. Vous disiez donc...?

– Oui, c'est ça, continua l'autre. Ça ressemblait à ça, sauf qu'y avait quatre lames soudées une à côté de l'autre. Tu parles de quoi de difficile à aiguiser, toi ! En tous cas, c'était un bizarre d'outil. Moi, j'ai jamais rien vu de même avant...

– Était-ce quelqu'un que vous connaissez ? demanda Ania.

– Non, mais je peux vous le décrire, je me rappelle de tous mes clients, répondit fièrement Johnny. Lui, je crois que c'était un Français de France ou quelque chose comme ça... à cause de son accent. Il avait les cheveux peignés vers l'arrière avec du *gel*, pis il s'était pas rasé depuis une couple de jours. Il était pas ben grand – à peu près la hauteur à JP, icitte-là –, pis il était pas mal *classy*... il m'a laissé un maudit bon *tip*.

Ania leva les sourcils comme des accents circonflexes.

– Mmm... intéressant... ça me rappelle quelqu'un, dit-elle. Autre chose ?

– Euh... fit Johnny. Ah ! oui ! Il portait un foulard autour du cou.

Les yeux des Trois Mousquetaires s'arrondirent comme des pièces de deux dollars.

– Un foulard jaune ? demanda Gabriel.

Le commis haussa les épaules.

— Ah ! ça, je m'en rappelle pas, répondit-il. Désolé...

— Peu importe, vous nous avez été très utile, Monsieur Johnny, dit Ania. Merci beaucoup.

— Pas de problème, répondit ce dernier avec un large sourire.

Puis, il se tourna vers Jean-Pierre.

— Eille, JP ! tu veux pas acheter des patins avant de t'en aller ? Ça améliorerait peut-être ta *game*, pis on pourrait peut-être finir par en gagner une.

— Ben, achète-les pour toi, d'abord ! lança Jean-Pierre en tournant les talons. T'en as plus besoin que moi.

Johnny pouffa de rire et retourna au travail, laissant derrière lui Trois Mousquetaires perplexes.

CHAPITRE 21

DES FAITS CONTRADICTOIRES

Dès qu'ils furent sortis du magasin, les Trois Mousquetaires se mirent à discuter de ce qu'ils venaient d'apprendre.

– Je n'y comprends plus rien… déclara Mamadou. Selon la description de ce commis, le client qui s'est présenté ici avec une griffe de métal serait monsieur Zuccanni lui-même ? Ça n'a aucun sens…

– Voilà en effet un revirement inattendu, acquiesça Ania. En fait, je me demande si le colosse des neiges n'est pas une pure fabulation.

– Une fabulation ?!? s'étrangla Gabriel. Mais, c'est toi qui fabules ! Avec les preuves que nous avons, moi je crois que le colosse des neiges existe.

– Mon pauvre Gabriel, dit Ania en secouant la tête. Un bon détective doit analyser les faits de façon objective et, pour le moment, nous n'avons aucune preuve. L'existence du colosse des neiges repose uniquement sur la parole de monsieur Zuccanni.

— Et toutes ces observations d'un yéti dans la montagne, qu'en fais-tu, hein ? s'écria Gabriel.

— Il pourrait tout simplement s'agir d'un ours, répondit stoïquement Ania.

— Je ne sais pas pourquoi monsieur Zuccanni se livrerait à une telle mascarade, déclara Mamadou. Que pourrait-il avoir à gagner en inventant une telle histoire ?

— Mamadou a un bon point, dit Jean-Pierre. Pourquoi ferait-il quelque chose comme cela ? Ce n'est pas son genre de mentir.

— Je ne sais pas, répondit Ania, mais avec ses antécédents familiaux, on ne peut écarter la possibilité que monsieur Zuccanni soit lui aussi victime d'un trouble quelconque, et peut-être est-il — sans même le savoir — derrière toute cette histoire.

— Pff… s'offusqua Gabriel. Ton histoire ne tient pas debout.

Ania choisit d'ignorer ce commentaire de Gabriel. Quand il était dans cet état, mieux valait ne pas s'obstiner. Comme ils atteignaient la fourgonnette, Jean-Pierre se tourna vers eux.

— Sylvianne a besoin de légumes pour le souper, dit-il. Si ça ne vous dérange pas, nous allons faire un petit détour par le marché Dumais.

— C'est très bien, dit Mamadou. Je commençais justement à avoir un petit creux…

CHAPITRE 22

CHEZ DUMAIS

La circulation était dense sur la rue Roseberry, si bien que Jean-Pierre dut se résoudre à stationner devant une banque qui se trouvait à quelques pâtés du marché Dumais. Malgré le soleil qui brillait, le vent était mordant, et ils pressèrent le pas en gardant la tête basse pour se protéger du froid.

Dès qu'il mit les pieds dans le marché, le visage de Mamadou s'illumina.

– J'aime ça, ici. C'est *cool*, dit-il en contemplant le décor.

Le petit commerce était en effet l'endroit tout désigné pour les gastronomes. Un arôme d'épices exotiques flottait dans l'air, et sur les étagères se trouvaient, dans un arrangement élégant, une panoplie de produits fins plus appétissants les uns que les autres.

Même Ania se montra impressionnée.

– C'est vraiment charmant ici… J'aimerais bien qu'il y ait quelque chose du genre à Dieppe, soupira-t-elle.

– Et c'est ici que l'on trouve les légumes les plus frais ! ajouta Jean-Pierre en se dirigeant vers la section des produits du potager.

Pendant que Jean-Pierre choisissait les meilleurs champignons, Gabriel remarqua que la caissière était engagée dans une conversation endiablée avec un homme qui payait ses achats. Curieux comme toujours, il tendit discrètement l'oreille et bien qu'il ne put saisir que quelques mots de leur conversation, ce qu'il entendit capta toute son attention.

Il se tourna aussitôt vers ses amis.

– Ils parlent du colosse des neiges, chuchota-t-il de manière urgente.

– Tout le monde parle du yéti, répliqua Ania, c'est le sujet de l'heure à Campbellton.

– Mais tu ne comprends pas, s'entêta Gabriel. Ils n'ont pas parlé du yéti ou du sasquatch, ils ont dit « colosse des neiges ».

– Tu te trompes, ils n'ont sûrement pas utilisé cette appellation, s'impatienta Ania. Ils auront plutôt dit « homme des neiges », et tu as mal compris…

– Non ! gronda Gabriel. J'ai entendu « colosse des neiges » : c-o-l-l-o…

– Il n'y a qu'un « l » à colosse, et c'est impossible, interrompit Ania. Monsieur Zuccanni a affirmé n'en avoir parlé à personne. Tu te trompes, comme d'habitude.

Gabriel allait répliquer, mais Jean-Pierre avait fini ses achats, et ils le suivirent vers le comptoir. La caissière les salua, puis commença à entrer le prix de chaque article dans la caisse enregistreuse. Gabriel en profita pour engager la conversation.

– Bonjour, Madame, dit-il en souriant. Nous avons entendu sans le vouloir un bout de votre conversation avec cet homme qui vient de sortir. Nous ne voudrions pas être indiscrets, mais vous sembliez parler du...

— Du fameux colosse des neiges ! lança la femme. C'est un sujet de conversation assez populaire dernièrement.

Ania se figea sur place pendant que Gabriel la regardait avec un air triomphant.

— Vous... vous avez bien dit le... le colosse des neiges ? balbutia-t-elle.

La femme derrière le comptoir hocha la tête.

— C'est bien ça, répondit-elle.

— Puis-je savoir pourquoi vous ne l'avez pas appelé l'homme des neiges, le yéti ou le sasquatch ? demanda ensuite Ania.

— Oh ! c'est un monsieur qui est venu ici l'autre jour et qui a commencé à parler de ça, expliqua la caissière. Il semblait en connaître beaucoup sur le sujet et il a dit l'avoir vu de ses propres yeux. C'est lui qui l'appelait le colosse des neiges, et je crois bien que c'est le nom qui m'est resté dans la tête...

— Et peut-on vous demander qui était cet homme ? s'enquit Ania.

— C'est probablement un touriste, répondit la caissière. En fait, je ne l'avais jamais vu avant. Il n'était pas très grand, il avait les cheveux brossés vers l'arrière et il ne s'était pas rasé depuis quelques jours. Il parlait à la française, vous savez ce que je veux dire ? Je me souviens bien de lui parce qu'il a acheté presque tout mon stock de légumes. C'est sûrement un végétarien...

Les Trois Mousquetaires se regardèrent en silence.

— Est-ce que vous avez vu sa voiture ? demanda ensuite Ania.

— Oui, elle était stationnée juste devant le magasin, répondit la dame.

– Je gage qu'il s'agissait d'une grosse voiture noire ! lança Gabriel d'un ton assuré. Une grosse voiture de luxe, n'est-ce pas ?

La caissière pouffa de rire.

– Une grosse voiture noire ? s'esclaffa-t-elle. Bon Dieu, non ! Il conduisait une toute petite auto rouge… et pas un modèle récent non plus. Non, ça n'avait rien d'une voiture de luxe, croyez-moi…

Elle appuya sur un bouton et regarda Jean-Pierre.

– Ce sera huit dollars et cinquante sous, dit-elle.

Jean-Pierre paya la facture, ramassa son sac d'épicerie et remercia la caissière. Elle leur dit au revoir en les invitant à revenir, et ils sortirent dans le froid hivernal.

CHAPITRE 23

UN COMPORTEMENT SUSPECT

Ils marchèrent en silence jusqu'à la fourgonnette tout en essayant de saisir les implications de ce qu'ils venaient d'apprendre. Mais on aurait dit qu'ils disposaient d'un casse-tête dont les pièces refusaient tout simplement de s'imbriquer les unes dans les autres.

Jean-Pierre déverrouilla les portières, et les Trois Mousquetaires allaient monter dans le véhicule quand une petite auto rouge passa devant eux avant de se garer dans un espace de stationnement qui venait de se libérer au marché Dumais.

— Regardez, dit Mamadou. Ne trouvez-vous pas que cette auto ressemble à celle dont nous a parlé la dame ?

Tous les yeux se tournèrent vers la voiture en question. Elle correspondait en effet à la description qu'avait faite la caissière, et ils retinrent leur souffle pendant que la porte du conducteur s'ouvrait lentement. L'individu qui en sortit portait de larges lunettes de soleil, une tuque enfoncée jusqu'aux oreilles et un épais manteau au col relevé. En raison de cet accoutrement et de la distance qui les séparait de l'homme, il était impossible de conclure qu'il s'agissait, oui ou non, de monsieur Zuccanni.

– C'est lui! lança Gabriel en sautant sur place. Je suis certain que c'est lui.

– Ça lui ressemble, en effet, mais... commença Ania.

– Je vais crier son nom! interrompit Gabriel.

– Non! Ne fais pas ça! s'exclama Ania.

Mais il était trop tard, Gabriel avait déjà commencé à hurler en faisant de grands signes de la main.

– Monsieur Zuccanni! Monsieur Zuuuuccaaaannniii!

En entendant son nom, l'homme sembla sursauter, puis se tourna vers eux. Il les fixa du regard pendant un court instant, puis remonta dans sa voiture en claquant la porte. Sous les regards ébahis des Trois Mousquetaires, il recula sur les chapeaux de roues et repartit à toute allure en sens inverse.

– Ah! Bravo, Gabriel! fulmina Ania. Nous aurions pu attendre qu'il entre chez Dumais et aller confronter son histoire avec celle de la caissière, mais noooon... il fallait que tu gâches tout en t'énervant, comme d'habitude...

– Ben... fit Gabriel en rougissant. Je ne savais pas qu'il allait réagir comme ça...

– C'est vraiment bizarre, grommela Jean-Pierre. Je ne comprends pas pourquoi Hermann agirait ainsi.

– En tout cas, dit Mamadou, il s'agit là d'un comportement suspect. Pas *cool* du tout, ça.

Ania laissa échapper un long soupir, secoua la tête et monta dans la fourgonnette, suivie des autres.

Soudain, elle eut une idée.

– Monsieur Jean-Pierre ! Appelez-le à la maison ! s'écria-t-elle. Appelez monsieur Zuccanni. On verra bien s'il est là ou pas.

– Bonne idée, dit Jean-Pierre en sortant son téléphone de sa poche.

Il composa le numéro et porta l'appareil à son oreille. Il laissa sonner à plusieurs reprises et il allait raccrocher quand, à l'autre bout, quelqu'un répondit.

– Allo ? dit-il. Ah ! Nestor ! Bonjour, je voulais parler à Hermann... Ah ? Tu ne pourrais pas lui faire signe, c'est un peu urgent mon affaire... Ah...? D'accord... je vois. Je... je lui en parlerai plus tard, d'abord. C'est ça... Bye.

Il mit fin à la conversation et se tourna vers les Trois Mousquetaires.

– Il a dit que monsieur Zuccanni était dehors en train de couper du bois et il a refusé d'aller le chercher. Selon lui, son maître a besoin d'exercice et il ne veut pas le déranger.

– Une bien drôle de coïncidence, déclara Ania.

Jean-Pierre hocha lentement la tête.

– Je dois vous conduire chez Samia, dit-il. Mais demain matin, si vous le voulez, nous pouvons retourner voir Hermann.

– Absolument ! dit Ania. Merci, Monsieur Jean-Pierre, nous aurons certainement plusieurs questions à lui poser.

CHAPITRE 24

DE RETOUR CHEZ LES ZUCCANNI

L e lendemain, les Trois Mousquetaires retournèrent chez les Zuccanni en compagnie de Jean-Pierre. Nestor les accueillit d'un air morose tout en marmottant une formule de politesse inintelligible. Il jeta un regard de travers à l'endroit de Dali, soupira et tourna les talons en leur disant qu'il allait annoncer au maître cette visite imprévue.

— Il est toujours de mauvaise humeur, celui-là, chuchota Gabriel dès que le domestique fut hors de portée. Et en plus, on dirait qu'il n'aime pas les chiens ! Quelle sorte de personne n'aime pas les chiens ?

— J'ai aussi remarqué, ajouta Ania, qu'il semblait éviter tout contact visuel, alors qu'hier il semblait nous défier du regard. On dirait qu'il a quelque chose à cacher…

Un Hermann Zuccanni souriant arriva pour les accueillir, et les détectives interrompirent leur conversation.

– Ah ! Bonjour, les amis ! lança-t-il de bon cœur. Allez ! Entrez ! Entrez ! Toi aussi, Dali !

« Wouf ! » fit Dali.

– On dirait que ça va mieux, Hermann ? ne put s'empêcher de faire remarquer Jean-Pierre.

Zuccanni regarda son ami et son sourire s'agrandit davantage.

– Cette nuit, j'ai dormi à poings fermés pour la première fois depuis deux semaines, déclara-t-il. Hier, après votre départ, j'ai lu tout ce que j'ai pu trouver sur les exploits des Trois Mousquetaires et je dois vous avouer que j'en suis resté bouche bée. Je suis convaincu que vous allez réussir à résoudre l'énigme du colosse des neiges et sauver ma famille.

Ania regarda ses amis du coin de l'œil. Il était difficile d'imaginer que l'homme qui se trouvait devant eux était en train de leur mentir. Si c'était bien Hermann Zuccanni qu'ils avaient vu chez Dumais hier, sa performance de ce matin en faisait un acteur digne d'un Oscar.

– Merci de nous faire confiance, finit par dire Ania. À ce sujet, nous aurions quelques questions à vous poser...

– Allez-y ! lança leur hôte en gardant son sourire.

– Qu'avez-vous fait après notre départ, hier ? demanda Ania en le regardant droit dans les yeux.

Le sourire de Zuccanni fléchit et il fronça les sourcils.

– Moi ? demanda-t-il. Mais... pourquoi ?

Puis ses yeux s'éclairèrent et il reprit son sourire.

– Je comprends ! s'exclama-t-il. Vous devez tout d'abord éliminer les membres de la famille de votre registre de suspects.

C'est comme à la télévision. Très bien ! Alors, hier, je suis resté à la maison pendant que mon épouse était partie marcher avec Richard. J'en ai profité pour couper du bois. Ça me fait un peu d'exercice, et j'en ai bien besoin.

– Mais, Nestor était là ? demanda Ania.

– Oui, oui... il était dans le manoir, répondit Zuccanni.

– Et si on lui demandait de corroborer, votre histoire... ? demanda Ania.

– Bien sûr ! Je peux l'appeler immédiatement, si vous voulez, acquiesça Zuccanni avec assurance.

Ania détourna les yeux et se demanda si le domestique était lui aussi mêlé à cette histoire.

– Non, ça va aller, dit-elle. Mais, dites-moi, Monsieur Zuccanni, possédez-vous une automobile rouge ?

Zuccanni secoua la tête.

– Ma seule voiture est la Bugatti, répondit-il. Nous avons également un VTT, mais c'est tout.

– Et où se trouve ce VTT actuellement ? demanda Ania, qui n'avait pas vu de véhicule tout-terrain dans la cour.

– Il est dans l'écurie, répondit leur hôte.

« L'écurie ! songea soudainement Ania. Bien sûr ! »

Elle avait aperçu le bâtiment en arrivant, à moitié dissimulée derrière le manoir, et il était énorme. Un endroit tout désigné pour cacher une deuxième voiture.

– Pourrions-nous la visiter ? demanda-t-elle.

– Certainement ! lança l'homme sans hésiter. Suivez-moi.

Zuccanni enfila un manteau et sortit dans la cour, suivi de Jean-Pierre et des Trois Mousquetaires. L'Européen ouvrit les portes de l'écurie, où paressaient tranquillement deux chevaux et un poney. Mais il n'y avait aucune trace d'une voiture rouge.

– Nous avons chacun notre canasson, mon épouse et moi, en plus d'un poney pour Richard, déclara-t-il fièrement. Ils nous ont accompagnés de la Suisse… Nos chevaux sont vieux maintenant, mais ce sont de très bonnes bêtes.

– Hein ? s'écria Gabriel. Je ne savais pas que les chevaux pouvaient prendre l'avion ! Ça doit être comique d'arriver dans la cabine et de voir un cheval dans le siège à côté de toi !

Ania roula les yeux.

– Gabriel, soupira-t-elle, ces chevaux ont probablement fait le voyage dans un bateau spécialisé dans le transport des animaux.

– Oh ! fit simplement Gabriel.

– Ils ont en effet fait le voyage en bateau, confirma leur hôte avec un sourire en coin.

Entre les stalles scintillait le tout dernier modèle d'un magnifique VTT à deux places. Jean-Pierre ne put s'empêcher de laisser aller un sifflement d'admiration.

– En parlant de belles bêtes, dit-il, c'est toute une machine que tu as là !

Zuccanni haussa modestement les épaules.

– Ce n'est pas moi qui le conduis, dit-il, c'est Nestor. Il adore la nature et il part souvent pendant de longues heures dans les bois.

Cette déclaration éveilla immédiatement les soupçons d'Ania. Nestor n'avait certainement pas l'air d'un amoureux de la nature, alors pourquoi partait-il dans la forêt pendant de longues périodes de temps ? Elle supposa qu'il s'agissait là d'une belle occasion de faire des traces de griffes sur les arbres.

Elle sortit de l'écurie et remarqua les traces du véhicule récréatif qui allaient et venaient en direction du petit sentier qui s'enfonçait dans les bois.

Elle se tourna vers Zuccanni et lui demanda s'il faisait confiance à son domestique.

– Nestor ? répondit-il. Totalement. Il est dans la famille depuis que je suis enfant. Il est parfois un peu ronchonneur, mais il est fidèle, et je le considère comme hors de tout soupçon.

Ania regarda de nouveau les traces laissées par le VTT.

– Savez-vous où mène ce sentier ? demanda-t-elle en se tournant vers Jean-Pierre.

– J'imagine qu'il mène au sentier principal, répondit-il. Celui qui longe le chemin Lac-des-Lys sur près de deux kilomètres pour ensuite se rendre jusqu'au lac Caldwell.

– Mmm... fit Ania. Pourriez-vous nous mener à ce lac ?

– Avec mon T-Rex, pas de problème ! lança Jean-Pierre en souriant. On a du temps libre, alors on peut y aller maintenant si vous voulez.

Ania hocha la tête.

– Oui, dit-elle simplement. Allons-y... j'ai hâte de voir cet endroit.

Hermann Zuccanni ferma la porte de son écurie et se tourna vers eux.

– Pourquoi ne pas venir dîner ce soir ? demanda-t-il. J'aimerais vous remercier de tout ce que vous faites, et ce serait un plaisir de vous accueillir. Le repas sera succulent, c'est une promesse !

– Mmm... fit Mamadou. J'en ai déjà l'eau à la bouche.

– Alors ? demanda Zuccanni avec un large sourire. C'est oui ?

Jean-Pierre regarda les deux autres en levant les sourcils.

Gabriel hocha vigoureusement la tête.

– Pourquoi pas ? finit par dire Ania. Nous devrons vérifier auprès de mamie et Samia, mais ça ne devrait pas être un
problème.

– Très bien, alors on se revoit ce soir, les amis ! dit Zuccanni.

CHAPITRE 25

EN PANNE
DANS LES BOIS

Quand les Trois Mousquetaires entrèrent chez Jean-Pierre, Joannie hurla de joie en voyant arriver Dali. Aussitôt, les deux disparurent en courant vers le salon.

« Attention, Maman ! Il y a un crocodile dans la maison ! » entendirent-ils l'enfant crier.

— Bonjour, les amis ! lança Sylvianne en les voyant. Alors, quoi de neuf ?

— Les jeunes veulent aller voir le lac Caldwell, annonça Jean-Pierre. On va prendre mon T-Rex…

— Très bien, répondit sa conjointe. Mais ne tardez pas trop, on annonce une autre tempête. Dali peut rester ici si vous voulez.

— Je crois qu'il préférerait ça lui aussi, déclara Gabriel.

— C'est bon ! lança Jean-Pierre en ouvrant la porte qui donnait sur le garage. On devrait être de retour dans moins d'une heure.

Les Trois Mousquetaires ramassèrent des casques pendant que Jean-Pierre s'affairait à démarrer son T-Rex. Après quelques tentatives infructueuses, il commença à maugréer. Mais comme il allait perdre espoir, le moteur partit enfin.

— Une fois qu'il est parti, ça va bien, cria-t-il au-dessus du bruit de l'engin. Montez, on part à l'aventure.

Les jeunes détectives ne se firent pas prier davantage et quelques minutes plus tard, le T-Rex s'enfonçait lentement dans la forêt, montant et descendant au gré du terrain bossu et enneigé.

Lorsqu'ils arrivèrent à l'endroit où se trouvait la caméra, Jean-Pierre jeta un coup d'œil dans l'arbre où elle était perchée et remarqua qu'elle était couverte de neige. Il arrêta le véhicule et éteignit le moteur.

— Ça doit être un tas de neige qui est tombé d'une branche située au-dessus, expliqua-t-il. Ça arrive assez souvent.

Il se dirigea vers l'arbre, brossa vigoureusement la caméra de sa main gantée et retourna vers ses amis.

— Bon ! En route vers le lac, maintenant, dit-il.

Il tourna la clé du T-Rex et le moteur tressaillit laborieusement pendant quelques secondes, mais refusa de partir. Il essaya à quelques reprises, mais sans succès. Finalement, il descendit et ouvrit le capot.

— Ne vous inquiétez pas, dit-il, ce n'est pas un gros problème. C'est seulement la bougie qui a besoin…

Il fut interrompu par un craquement sonore qui les fit tous sursauter.

— Qu'est-ce que c'était, ça ? chuchota Gabriel.

Avant que personne ne puisse répondre, un autre craquement se fit entendre, suivi d'un grognement féroce. Jean-Pierre
s'activa et ferma vivement le capot.

– Allons-nous-en ! cria-t-il en prenant place derrière le volant.

Il essaya de faire tourner le moteur, qui toussota, puis s'arrêta.

– Allez ! Allez ! gronda-t-il en tournant la clé à nouveau.

Mais son T-Rex refusa de lui obéir. Avant qu'il ne puisse
faire une troisième tentative, à seulement quelques mètres d'eux,
une ombre gigantesque apparut.

CHAPITRE 26

UNE BÊTE COLOSSALE

Un grognement terrifiant retentit dans la forêt et une bête colossale au pelage brun et épais se dressa devant eux. Elle bougea la tête de gauche à droite et, provenant du fond de sa gorge, un grondement sourd et menaçant se fit entendre.

– C'est un ours ! cria Gabriel.

– L'étendue de ton savoir ne cessera jamais de m'étonner, marmotta Ania d'une voix qui tremblait légèrement. Bien sûr que c'est un ours, espèce de marmotte à roulettes.

Comme pour le confirmer, l'animal, debout sur ses pattes arrière, laissa échapper un deuxième grognement, encore plus féroce que le premier.

Jean-Pierre agita frénétiquement la clé dans le démarreur. Le moteur tourna à quelques reprises, mais finit par s'étouffer de nouveau.

La bête s'avança vers eux toutes griffes dehors, prête à les réduire en pièces. Jean-Pierre sauta par terre et se plaça devant les Trois Mousquetaires, qui se rapprochèrent l'un de l'autre en fermant les yeux.

Un incroyable beuglement se fit entendre et Gabriel crut qu'il s'agissait d'un dinosaure qui chargeait. Il ouvrit les yeux et aperçut l'ours qui s'enfuyait sans demander son reste. Il regarda autour, mais il ne vit pas de dinosaure, seulement Mamadou qui, debout à côté du VTT, le regardait avec un fier sourire.

– Je me suis rappelé ce que monsieur Jean-Pierre nous avait dit à propos du klaxon qu'il avait acheté pour son T-Rex, expliqua-t-il.

Il appuya à nouveau sur le klaxon et le rugissement de dinosaure se fit entendre à nouveau.

– Mamadou, on te doit une fière chandelle, dit Ania.

– Ton calme légendaire nous a sauvés d'une mort certaine, renchérit Gabriel.

– Pour un instant, j'ai eu peur de ne jamais déguster un autre repas, rétorqua Mamadou. C'est sans doute ce qui m'a poussé à agir.

– Pourquoi ne suis-je pas surprise ? lança Ania en le poussant sur l'épaule.

Ils laissèrent tous aller un ricanement soulagé, et Jean-Pierre jeta un coup d'œil dans la direction où était parti l'ours.

– Vous avez remarqué sa couleur ? demanda-t-il. Ce n'était pas un ours noir comme ceux qu'on retrouve habituellement dans la région. Et il marchait debout… je croyais qu'il n'y avait que les grizzlis qui pouvaient faire ça.

Il se gratta la tête d'un geste distrait.

– En tout cas, je vais avertir les gens du ministère des Ressources naturelles. Mais je crois que nous n'avons plus à nous inquiéter. Cet ours a eu la frousse de sa vie et ce n'est pas demain la veille qu'il voudra se frotter une autre fois à mon T-Rex !

– C'est donc cet ours qui est à l'origine de toutes ces rumeurs, dit Ania.

Gabriel regarda son amie tout en cherchant un argument pour la contredire, mais il ne trouva rien. Peut-être qu'elle avait raison et qu'en fin de compte, le colosse des neiges n'existait tout simplement pas.

Jean-Pierre ouvrit une fois de plus le capot de son VTT. Il enleva la bougie d'allumage, la frotta avec son gant et la remit en place.

– Voilà qui devrait faire l'affaire ! annonça-t-il.

Il tourna la clé et, cette fois, le T-Rex démarra du premier coup.

– Que voulez-vous faire maintenant ? demanda-t-il.

– Continuons, suggéra Ania. Comme vous l'avez dit, je ne crois pas que nous ayons besoin de nous inquiéter d'une nouvelle attaque de cet ours, et j'aimerais bien voir le lac Caldwell.

– Allez, accrochez-vous ! cria Jean-Pierre, et ils reprirent leur route.

CHAPITRE 27

LE LAC CALDWELL

L e lac Caldwell n'était pas très grand. De l'endroit où ils se trouvaient, les Trois Mousquetaires avaient une vue parfaite sur la rive opposée, où se trouvaient la maison et le chalet dont leur avait parlé Jean-Pierre.

– À ce moment de l'année, la maison est inhabitée, expliqua Jean-Pierre en descendant du T-Rex. Mon patron est parti en vacances dans le Sud avec toute sa famille… comme il le fait toujours au mois de mars.

Les jeunes détectives tournèrent leur regard vers l'endroit indiqué par Jean-Pierre. Les rayons du soleil dansaient sur l'étendue de neige blanche qui les séparait de la propriété, et ils durent plisser les yeux pour se protéger des reflets scintillants. Il semblait n'y avoir aucune activité sur la propriété.

– Moi, ça ne me dérangerait pas d'aller passer des vacances dans le Sud chaque année, philosopha Jean-Pierre d'un ton légèrement sarcastique.

Ania observa des traces de VTT qui allaient et venaient en direction de la maison. De toute évidence, quelqu'un s'y était rendu récemment.

– Où peut-on se rendre à partir de cet endroit en utilisant un VTT ? demanda-t-elle en montrant les pistes qui partaient dans toutes les directions.

– Oh ! il y a plusieurs chemins autour de ce lac, répondit Jean-Pierre. Plusieurs sentiers débouchent à différents endroits sur le chemin Lac-des-Lys, bien sûr, mais d'autres mènent à Saint-Aubin, à McKendrick ou à Maltais.

– Mmm… fit-elle, puis elle examina de plus près le chalet qui se trouvait aux abords du lac.

Soudainement, elle faillit s'étouffer.

– Regardez ! s'écria-t-elle en pointant frénétiquement de l'index. On dirait qu'il y a une auto rouge stationnée derrière le chalet.

Elle indiqua l'endroit, et ils virent eux aussi ce qui ressemblait à l'extrémité d'un parechoc rouge. Ils tentèrent d'obtenir un meilleur angle de vision, mais en vain.

– Il pourrait s'agir d'une coïncidence, déclara-t-elle. Votre patron possède-t-il une automobile rouge, monsieur Jean-Pierre ?

– Non, seulement des camions, répondit-il, et de toute façon, il n'habite pas ce chalet. Il l'utilise comme une propriété de location et elle est probablement louée en ce moment.

Ania resta songeuse pendant un instant.

– Je me demande s'il y a un moyen de connaître l'identité du locataire, dit-elle.

– Facile ! lança Jean-Pierre. Je peux appeler au bureau et demander à Nathalie : c'est elle qui s'occupe de toutes les affaires du patron. Mais pour ça, nous allons devoir retourner à la maison ; il n'y a pas de signal satellitaire ici et je ne peux pas utiliser mon téléphone.

Gabriel reçut un flocon de neige sur le nez et regarda le ciel qui se noircissait.

– Il commence à neiger, annonça-t-il.

– Alors, repartons, dit Ania. Nous n'avons plus rien à faire ici.

CHAPITRE 28

NATHALIE

Dès leur retour à la maison, Jean-Pierre s'empressa d'appeler le bureau. Après avoir parlé de tout et de rien avec Nathalie, il lui demanda si le chalet de leur patron était loué.

– Oui ! confirma Nathalie. C'est moi qui ai tout arrangé. Entre toi et moi, tu sais que le patron ne fait pas grand-chose par lui-même.

– Ah ! là, tu ne m'apprends rien ! blagua Jean-Pierre. J'ai essayé souvent, mais je n'ai jamais réussi à le surprendre en train de travailler.

Nathalie ricana aussi, puis il y eut un bref moment de silence. Un peu embarrassé, Jean-Pierre se décida de lui confier la raison de son appel.

– Euh… écoute, Nathalie, dit-il finalement, j'aurais besoin d'information à propos du locataire…

– Mmm… fit cette dernière. Je ne sais pas si j'ai le droit…

— Fais-le pour moi, s'il te plaît… supplia Jean-Pierre. Je ne peux pas tout t'expliquer, mais je ne te le demanderais pas si ce n'était pas important. Je t'assure que c'est pour une bonne raison.

À l'autre bout de fil, il y eut un autre moment de silence.

— Très bien. Mais c'est bien parce que c'est toi…

— Merci ! Lundi, je t'apporte du café et tes beignes préférés ! lança Jean-Pierre.

Il entendit le clic clic clic que faisaient les doigts de Nathalie sur les clés du clavier de son ordinateur, se tourna vers les Trois Mousquetaires et leur adressa un clin d'œil.

— D'accord, dit Nathalie après quelques instants. Il s'agit d'un certain J. Stapleton. Il n'a pas donné de prénom, seulement une initiale. Il est là depuis le premier janvier et il paye au mois.

— J. Stapleton… répéta Jean-Pierre en gribouillant ce nom sur un morceau de papier. Autre chose ?

— Non, dit Nathalie. Je crois que c'est tout.

Jean-Pierre allait la remercier à nouveau quand elle le devança.

— Attends ! lança-t-elle. J'allais oublier. Au téléphone, ce monsieur Stapleton avait un accent comme les Français de France.

— Un accent français, hein ? fit Jean-Pierre et il jeta un coup d'œil en direction des jeunes détectives. OK ! Merci, Nathalie, et on se voit lundi.

Il ferma l'appareil et leva les sourcils comme deux accents circonflexes.

— Vous avez entendu ? demanda-t-il. Le locataire du chalet est un dénommé J. Stapleton. Il n'a pas donné de prénom, mais Nathalie a remarqué son accent français…

— Ce nom me dit quelque chose, murmura Ania, mais je n'arrive pas à mettre le doigt dessus…

— Mais, ça prouve que ce n'est pas monsieur Zuccanni qui a loué ce chalet, fit remarquer Gabriel.

— Voyons, Gabriel ! Ça ne prouve rien du tout, rétorqua Ania. Stapleton pourrait être un pseudonyme utilisé par monsieur Zuccanni pour dissimuler sa véritable identité. Je suis de plus en plus certaine qu'il a inventé cette histoire de yéti de toutes pièces. Et cet ours qui rôde dans la montagne en laissant des traces partout aura servi à alimenter les rumeurs.

Elle regarda ses amis d'un air sérieux.

— Nous allons devoir profiter du repas de ce soir pour tenter de tirer tout ça au clair, dit-elle.

— Mais pourquoi ferait-il une telle chose ? s'écria Gabriel, qui avait encore beaucoup difficulté à accepter que le colosse des neiges n'existait pas. Et qu'est-ce qu'un chalet loué vient faire là-dedans ? Il possède un luxueux manoir, alors pourquoi utiliser ce chalet miteux ?

— Mon hypothèse est que monsieur Zuccanni souffre d'un trouble psychiatrique quelconque, répondit-elle. N'oublie pas que plusieurs membres de sa famille semblent en avoir été affligés. Il pourrait par exemple être victime d'un trouble de personnalité multiple. Si c'est le cas, il n'est même pas conscient de ce qu'il fait…

Gabriel afficha un air dépité.

— J'y croyais pourtant, moi, au colosse des neiges, maugréa-t-il.

— Ne sois pas trop découragé, dit Mamadou. Si nous pouvons prouver la théorie d'Ania, nous aurons en fin de compte résolu le mystère.

— Mmm… fit Gabriel en haussant les épaules. Sauf que ce n'est pas très intéressant comme intrigue. Moi, j'aime mieux les

mystères où il y a des monstres, des fantômes, des zombies…
ou des yétis.

Gabriel était loin de se douter que dans les prochaines heures, une découverte allait remettre en question tout ce qu'il croyait savoir à propos du colosse des neiges.

GRRRRR!

CHAPITRE 29

LE MYSTÈRE RESTE ENTIER

L
orsqu'ils arrivèrent chez les Zuccanni, une autre tempête était en train de se lever.

– C'est le pire hiver qu'on a connu dans vingt ans, grommela Jean-Pierre. Si ça continue, on n'aura pas de printemps.

Ils sonnèrent et, étrangement, les Zuccanni eux-mêmes les accueillirent.

– Bonjour, Jean-Pierre ! Bonjour, les jeunes ! Et bonjour, Dali ! lança le Suisse, qui semblait de très bonne humeur.

Dehors, la tempête s'intensifiait et le maître de la maison les invita à entrer, puis ferma la porte derrière eux.

– Nestor n'est pas ici, expliqua-t-il. Après nous avoir cuisiné un excellent repas, il a demandé la permission d'emprunter le tout-terrain pour faire une promenade dans les bois. Je la lui ai accordée, bien sûr...

– Il ne trouve pas imprudent de s'aventurer dans la forêt avec le temps qu'il fait ? demanda Ania. Ce pourrait être dangereux, non ?

– C'est bien ce que je lui ai dit, mais il tenait absolument à y aller, répondit leur hôte. Il semblait fébrile, comme s'il devait absolument sortir...

– Notre cher domestique ne semble plus être lui-même dernièrement, renchérit madame Zuccanni avec un triste sourire. Je suis d'avis que l'histoire du colosse des neiges l'affecte plus qu'il ne l'avoue.

Elle les invita à entrer et appela Richard. Le garçon arriva en courant et adressa aux invités un sourire gêné. Puis, il se tourna vers sa mère.

– Maman, est-ce que je peux jouer avec le chien ? chuchota-t-il.

– D'accord, mon ange, mais seulement pour quelques minutes, répondit sa mère. Le repas est sur le point d'être servi.

– Viens ! cria Richard en tendant la main vers Dali. Je vais te montrer mes jouets !

L'enfant et l'animal partirent au petit trot vers la salle de jeux pendant que les invités se débarrassaient de leurs manteaux. Puis monsieur Zuccanni les entraîna vers la salle à manger, où se trouvait une table magnifiquement garnie.

– Mmm... fit Mamadou en humant l'air. Ça sent bon...

– Il s'agit de mets traditionnels de notre pays, annonça fièrement Hermann Zuccanni. Un jambon de la borne, vous apprécierez son léger arôme qui rappelle le feu de bois, accompagné d'un rösti, un plat de pommes de terre râpées mélangées avec du fromage et des oignons. Et, bien entendu, tout repas suisse digne de ce nom comporte une fondue au gruyère !

Il appela Richard, qui arriva accompagné de Dali. Il prit l'enfant dans ses bras et l'installa entre lui et son épouse.

– Miam ! firent en même temps Richard et Mamadou, et tout le monde pouffa de rire.

– Ne vous en faites pas si vous perdez votre morceau de pain dans la fondue, dit Zuccanni avec un large sourire. Ce soir, on est entre amis.

Tout au long du repas, ils mangèrent avec entrain tout en parlant de tout et de rien. Le dîner tirant à sa fin, Hermann Zuccanni se pencha vers les Trois Mousquetaires.

– Alors, murmura-t-il, avez-vous fait des progrès dans votre enquête ?

Ania regarda tour à tour Gabriel et Mamadou, mais il était clair que c'était à elle qu'allait revenir la difficile tâche d'exprimer leurs soupçons.

– Nous croyons avoir résolu le mystère, répondit-elle. Du moins, en partie…

Zuccanni jeta un coup d'œil en direction de son épouse.

– Je crois que c'est l'heure du dodo qui approche pour notre petit Richard, n'est-ce pas, Léa ? dit-il en adressant à son épouse un sourire crispé.

– Tout à fait, approuva cette dernière, qui se leva immédiatement et prit son enfant dans ses bras.

– Dis bonne nuit à nos amis, mon petit ange, dit-elle d'une voix douce.

Le petit Richard se frotta les yeux et fit des bye-bye de la main. Madame Zuccanni tourna le coin, et les Trois Mousquetaires l'entendirent qui gravissait l'escalier tout en chantant une jolie berceuse à son fils.

– Vous comprendrez que je ne voulais pas que le petit entende ce que vous aviez à dire, expliqua leur hôte à voix basse. Il a tendance à faire des cauchemars dernièrement. On peut difficilement le blâmer, avec ce maudit colosse des neiges...

Ania hésita un moment, question de prendre son courage à deux mains, puis regarda Zuccanni droit dans les yeux.

– Ce que nous avons à vous annoncer ne sera pas facile à entendre, prévint-elle, mais nous avons de bonnes raisons de croire que...

Elle fut interrompue par Dali, qui laissa aller un grondement sourd. Immédiatement après, venant d'un étage supérieur, on entendit le bruit d'une fenêtre qui se cassait et un cri d'horreur qui ne pouvait venir que de madame Zuccanni.

Aussitôt, Dali aboya et partit à la course, suivi de monsieur Zuccanni, qui se leva en renversant sa chaise. Jean-Pierre et les jeunes détectives lui emboîtèrent le pas et ils se dirigèrent en courant vers l'escalier.

Léa Zuccanni cria de nouveau. On aurait dit que le temps s'était arrêté dans cet escalier qui n'en finissait plus de monter. Dali arriva au dernier étage bien avant les autres. Lorsqu'ils atteignirent enfin le troisième niveau, ils entendirent un aboiement féroce, suivi d'un drôle de cri de douleur.

Ils se précipitèrent dans la chambre de Richard, où ils trouvèrent Léa Zuccanni en pleurs, serrant son enfant dans ses bras. Les draperies qui couvraient la porte vitrée donnant sur le balcon battaient sous le souffle du vent froid qui pénétrait librement dans la pièce. Assis sur son arrière-train, Dali tenait fièrement dans sa gueule une touffe de poils bruns.

Les Trois Mousquetaires se dirigèrent vers la fenêtre et regardèrent dehors. Malgré la noirceur, ils aperçurent immédiatement l'empreinte d'un énorme corps tombé dans la neige. Ils suivirent du regard les traces de pas qui s'éloignaient de la demeure et, levant les yeux, aperçurent un énorme bipède poilu au crâne pointu qui regagnait la forêt en boitant.

– C'est lui... murmura Gabriel. C'est le colosse des neiges... il existe vraiment.

– Ça alors... dit Mamadou.

– Mais... je... je... balbutia Ania.

« Grooooooou ! » fit Dali.

CHAPITRE 30

DE LOURDS SOUPÇONS PÈSENT SUR NESTOR

Quand tout le monde eut retrouvé son sang-froid, Léa Zuccanni annonça qu'elle souhaitait mettre au lit son enfant, qui s'agrippait toujours à elle en tremblant légèrement.

– Je crois que c'est une bonne idée, Léa, dit son mari. Couche-le dans notre lit, il va dormir avec nous. Je vais reconduire nos invités et je te rejoins dans quelques minutes.

Son épouse s'excusa et disparut dans le couloir, avec le petit Richard dans ses bras. Les Trois Mousquetaires descendirent l'escalier en silence, suivant lentement monsieur Zuccanni et Jean-Pierre, qui discutaient de la façon la plus efficace de couvrir la fenêtre brisée en attendant qu'elle soit réparée. Ce dernier offrit de réparer

les dégâts, mais l'Européen lui répondit que Nestor allait s'en occuper.

Gabriel et Mamadou, eux, discutaient à voix basse de ce dont ils venaient d'être témoins. Ania, quant à elle, se morfondait en songeant aux implications de ce nouveau dénouement.

Premièrement, son hypothèse selon laquelle monsieur Zuccanni était derrière toute cette affaire venait de s'effondrer comme un château de cartes. Aucun père digne de ce nom – et leur hôte était de toute évidence de cette espèce – ne mettrait ainsi son enfant en danger. Deuxièmement, il y avait cette bête. Il ne s'agissait manifestement pas d'un ours… jamais un animal de la famille des plantigrades n'aurait pu grimper si habilement les deux étages qui menaient à la chambre du petit Richard. Et finalement, elle avait vu cet être de ses propres yeux et force lui était d'admettre qu'il ressemblait en tout point à la description du mythique yéti.

Ils arrivèrent dans le vestibule, et leur hôte disparut en s'excusant pour revenir quelques instants après avec leurs manteaux.

– Mais, avant que vous ne partiez, dit-il en levant un index, je crois que vous étiez sur le point de me faire part d'une percée dans cette affaire ?

Tous les regards se tournèrent vers Ania.

– Euh… fit-elle en se mordant les lèvres. Je suis désolée, mais je crois qu'il va nous falloir encore un peu de temps, Monsieur Zuccanni…

Au même moment, la porte menant à l'extérieur s'ouvrit violemment et Nestor fit irruption dans la pièce. Il arborait un air à la fois essoufflé et ahuri.

– Maître ! s'écria-t-il. Tout le monde est-il sain et sauf ?

– Oui, mon bon Nestor, répondit Zuccanni, mais il s'en est fallu de peu. Le colosse des neiges a tenté d'enlever notre petit

Richard, et si Dali n'avait pas réussi à le chasser, je ne sais pas ce qu'il serait advenu de mon fils.

– Je suis désolé, affirma Nestor en baissant les yeux. J'aurais dû être ici...

Ania sortit soudainement de ses idées sombres et fixa le domestique d'un regard inquisiteur.

– Au fait, comment êtes-vous au courant de ce qui vient de se produire ? demanda-t-elle à brûle-pourpoint.

– Euh... je... en arrivant, j'ai vu l'empreinte laissée par le corps de la bête, bégaya le domestique en s'épongeant le front, ainsi que des traces de pas qui mènent vers la forêt...

– Et vous arrivez d'où, au juste ? demanda ensuite Ania.

Le visage de Nestor tourna au pourpre.

– Je... je suis allé me promener dans la forêt, bafouilla-t-il. Mais où voulez-vous en venir avec vos questions, Mademoiselle... ?

Ania le toisa du regard et allait répliquer quand monsieur Zuccanni s'interposa entre elle et son employé.

– Je considère Nestor comme hors de tout soupçon, déclara fermement Zuccanni. Il est avec nous depuis que je suis nourrisson et pour moi, il fait partie de la famille. Je ne permettrai pas qu'on l'accuse de quoi que ce soit.

– Très bien, dit Ania en pinçant les lèvres. Veuillez accepter mes excuses, Monsieur Nestor.

Ce dernier hocha la tête, mais son regard sembla refuser de rencontrer celui d'Ania. Quand les invités eurent enfilé leurs manteaux, tuques, bottes et mitaines, Nestor leur ouvrit la porte, et ils sortirent dans la tempête.

– Je t'avais dit que le colosse des neiges existait ! s'écria Gabriel aussitôt que la porte se fut refermée derrière eux.

– Oh ! Ça va, espèce de cornichon extralucide ! s'exclama-t-elle. Tu as été chanceux, c'est tout. Et efface ce sourire niais de ton visage, veux-tu ?

– Pff… fit Gabriel. Tu es vraiment de mauvaise foi quand tu veux !

– Inutile d'essayer de suivre cette bête, déclara Ania en ignorant complètement la réplique de son ami. La tempête a déjà commencé à effacer ses traces.

– De toute façon, je ne suis pas certain que je voudrais me retrouver nez à nez avec le colosse des neiges, ajouta Mamadou. Vous avez vu sa taille ? Il est énorme…

Ils montèrent dans la fourgonnette, et Ania revint sur les doutes qu'elle avait exprimés avant de sortir du manoir.

– Le comportement de ce Nestor est suspect, dit-elle. Il cache quelque chose, j'en suis convaincue. Si ce n'est pas monsieur Zuccanni qui est derrière ce mystère, c'est lui.

– Je dois avouer qu'il avait l'air mal à l'aise quand tu as commencé à le questionner, dit Mamadou.

– Monsieur Jean-Pierre, pourrait-on encore compter sur votre aide demain matin ? demanda Ania.

– Bien sûr, répondit celui-ci. Je retourne seulement au travail lundi, alors…

– Super ! lança Ania. Nous aurons besoin de votre T-Rex pour découvrir ce que nous cache Nestor.

– Je passerai donc vous prendre chez Samia en matinée, déclara Jean-Pierre.

Ils restèrent silencieux pendant quelques instants, puis Gabriel tapota l'épaule d'Ania.

– Dis donc, la super-détective… toi qui es si bonne, es-tu certaine de n'avoir rien oublié ? lança-t-il d'un ton railleur.

– Que veux-tu dire ? demanda son amie. Je n'oublie jamais rien.

Pour toute réponse, Gabriel lui sourit et mit les mains dans ses poches. Il les ressortit en tenant le jPhone et la touffe de poils que Dali avait arrachée en mordant le postérieur du colosse des neiges.

Aussitôt, les yeux d'Ania s'arrondirent comme des pièces de deux dollars.

– Le séquenceur moléculaire d'images isométriques ! s'écria-t-elle. Nous n'avons qu'à envoyer les données au professeur Jarnigoine et nous saurons bientôt, sans l'ombre d'un doute, à quelle espèce appartient cet animal. Gabriel, tu es un génie !

– Je sais, répondit celui-ci sans sourciller, mais je dois admettre que je suis surpris que tu le réalises seulement aujourd'hui. Il était temps...

Ania croisa les bras.

– Tu sais ce qu'on dit : une fois n'est pas coutume ! répliqua-t-elle. Et ne laisse pas cela te monter à la tête, tu risquerais de t'évanouir. Alors, allons-nous envoyer les données au professeur ou non ?

– C'est déjà fait, assura Mamadou. Dans l'escalier, pendant que tu étais perdue dans tes pensées, Gabriel et moi avons scanné ces poils et nous avons envoyé les résultats au professeur. Nous n'avons qu'à attendre son analyse, maintenant.

– Ce que j'ai hâte ! s'écria Gabriel. Je peux déjà voir la une des journaux : Un jeune génie acadien découvre la première preuve scientifique de l'existence d'un yéti...

Ania roula les yeux.

– Je dirais plutôt un jeune ingénu, dit-elle, mais nous verrons bien...

Ils arrivèrent chez Samia et dirent au revoir à Jean-Pierre, qui promit de venir les chercher à dix heures le lendemain.

CHAPITRE 31

LE SECRET DE NESTOR

L e lendemain matin, après avoir promis à mamie et à Samia de faire preuve d'une grande prudence, les Trois Mousquetaires, accompagnés de Jean-Pierre et de son fidèle T-Rex, étaient installés à l'orée des bois, à faible distance du manoir des Zuccanni.

Couchés sur le ventre et dérobés aux regards indiscrets par les épaisses branches des sapins qui pliaient sous le poids de la neige, les quatre amis avaient une excellente vue sur la demeure de la famille Zuccanni.

– J'ai froid ! se plaignit pour une énième fois Gabriel en frottant ses mitaines ensemble. Ça fait presque deux heures qu'on attend, Ania. Je sens que je vais attraper un rhume.

– Et moi, je commence à avoir faim, dit Mamadou. J'aurais dû emporter davantage de vivres…

– Oh ! ce que vous pouvez être pénibles tous les deux ! lança Ania. Patientons encore un peu, je suis certaine qu'il doit être sur le point de sortir.

Au même moment, la porte du manoir s'ouvrit et ils aperçurent Nestor en sortir furtivement en regardant à gauche et à droite, comme s'il voulait s'assurer que personne n'était en train de l'épier.

– Ça y est ! chuchota Ania. Surtout, ne faites aucun bruit.

– Oh ! Oh ! J'ai le nez qui picote, avertit Gabriel. Je sens que je vais éternuer.

Ania le foudroya du regard.

– Alors, mets ta tête sous la neige ! gronda-t-elle.

Gabriel se frotta le nez de sa mitaine pour essayer de chasser le chatouillement qui devenait de plus en plus insistant et il redirigea son regard vers le manoir.

Il aperçut Nestor qui se dirigeait vers l'écurie à vive allure. Puis, le domestique ouvrit toute grande la porte et disparut à l'intérieur. Les jeunes détectives entendirent le bruit d'un moteur qui démarrait et quelques instants plus tard, le domestique sortit au grand jour, chevauchant le VTT des Zuccanni. Il mit la transmission au point mort, descendit du véhicule et referma la porte de du bâtiment.

– Aaa… Aaa… Atchoum ! fit soudainement Gabriel bien malgré lui.

Nestor releva brusquement la tête et regarda directement dans la direction où se terraient les Trois Mousquetaires.

– Ne bougez pas d'un poil, murmura Ania en serrant les dents.

L'homme avança la tête et fronça les sourcils, ne semblant pas être certain de ce qu'il avait entendu. Il explora encore les environs du regard pendant quelques secondes puis, ne trouvant rien qui sortait de l'ordinaire, il remonta sur le VTT et partit en faisant vrombir le moteur.

– Suivons-le ! lança Ania en se levant d'un trait.

Ils montèrent sur le T-Rex en vitesse, Jean-Pierre tourna la clé et cette fois, le moteur partit du premier coup. Le tout-terrain sortit de sa cachette en bondissant sur la neige fraîchement tombée. Prendre Nestor en filature allait être un jeu d'enfant puisque les seules traces qui se trouvaient dans le sentier étaient celles de son véhicule.

– Je suis certaine qu'il se dirige vers le lac Caldwell ! cria Ania pour se faire entendre au-dessus du bruit du moteur. C'est là que nous allons trouver la clé du mystère !

Tout à coup, elle remarqua que leur tout-terrain commençait à perdre de la vitesse, pour finalement ralentir au point de s'arrêter pratiquement sur place.

– Qu'est-ce qui se passe ? demanda Ania. Ne me dites pas que le T-Rex est en panne !

– Pas du tout ! répondit Jean-Pierre. Regardez plutôt où mènent les pistes.

Les Trois Mousquetaires étirèrent le cou et virent les traces du VTT de Nestor qui bifurquaient à gauche, dans un sentier qui se dirigeait vers le chemin Lac-des-Lys.

– Mais… mais… balbutia Ania, je ne comprends…

– Nestor cache bel et bien un secret, dit Jean-Pierre, mais ce n'est pas celui que l'on soupçonnait.

– Que voulez-vous dire, Monsieur Jean-Pierre ? demanda Mamadou.

– Ce sentier mène à la maison de mon voisin, expliqua-t-il. Celui qui organise des tournois de poker. Si Nestor disparaît fréquemment sans raison apparente et s'il a l'air si coupable lorsqu'il revient, c'est parce qu'il participe à des jeux d'argent, qui sont illégaux. Je devine qu'il a développé une dépendance et qu'il doit se sentir honteux…

Ania regarda ses amis et secoua lentement la tête.

— Je n'y comprends plus rien, déclara-t-elle sombrement. Chaque fois que l'on pense avoir élucidé une partie du mystère…

Elle fut interrompue par un timbre sonore strident.

— C'est mon jPhone ! s'écria Gabriel, qui enleva ses mitaines et se mit à fouiller dans ses poches. C'est sûrement la réponse du professeur.

Ses amis s'attroupèrent autour de lui pendant qu'il allumait son téléphone.

— C'est lui ! s'écria-t-il. L'analyse de l'ADN doit être complétée ! Voyons ce que dit son message.

Il porta l'appareil devant son visage et commença à lire à haute voix.

« Bonjour, les marmots ! commença Gabriel. Alors, je dois vous avouer qu'au début, j'étais scotché ! On peut dire que vous êtes des petits marrants ! L'échantillon de poils que vous avez scannés provient d'une chèvre. Enfin, d'un bouquetin, c'est pareil. Il s'agit d'une chèvre qui vit dans les Alpes suisses. Vous vouliez sans doute mettre mon séquenceur à l'épreuve ? Eh bien, vous avez maintenant la preuve qu'il fonctionne. Faites-moi savoir quand vous aurez de vraies nouvelles. Bonsoir, la compagnie ! »

Les épaules des Trois Mousquetaires s'affaissèrent simultanément et ils se regardèrent sans rien dire pendant un bref instant.

— Comme ça, ces poils proviendraient d'une chèvre ! gronda Gabriel quand il retrouva la parole. D'une vulgaire chèvre !

— D'un bouquetin, précisa Mamadou.

— Eh bien moi, je suis passablement certain que ce n'est pas une chèvre que l'on a vue chez monsieur Zuccanni hier soir, déclara Gabriel avec un soupçon de sarcasme.

— Les amis, je crois que nous allons devoir nous avouer vaincus, annonça Ania d'une voix éteinte.

— Quoi ?!? s'énerva Gabriel. Mais qu'est-ce que tu racontes, Ania ? Oui, c'est un revers, mais nous allons continuer notre enquête, voyons ! Les Trois Mousquetaires n'abandonnent jamais, ne le savais-tu pas ? Nous allons le trouver, cette espèce de yéti à la gomme balloune ! Une chèvre… non, mais franchement…

— Euh… Gabriel ? fit Mamadou. Tu oublies une chose…

— Quoi ? demanda Gabriel. Qu'est-ce que j'oublie ?

— Aujourd'hui, c'est notre dernier jour à Campbellton, annonça tristement Mamadou. Demain, c'est vendredi et nous repartons pour Dieppe.

Gabriel regarda ses amis et cette fois, il ne trouva rien à dire.

CHAPITRE 32

BREDOUILLES

Le trajet en direction de la maison de Jean-Pierre se fit dans le silence le plus complet. Lorsqu'ils arrivèrent chez lui, ce dernier gara son T-Rex dans le garage et Dali, qui était dehors en compagnie de Joannie et de sa maman, arriva en courant.

« Ouaf ! » fit-il joyeusement, mais s'arrêta net lorsqu'il vit la mine dépitée de ses amis.

« Wouf ? » fit le chien.

— Nous revenons bredouilles, mon bon Dali, dit Gabriel. C'est la première fois que…

Ses mots se bloquèrent de travers dans sa gorge et il s'interrompit, se contentant de gratter doucement la tête de l'animal.

« Mouf… » fit emphatiquement Dali.

— Bon… eh bien, j'imagine qu'il ne me reste plus qu'à vous reconduire chez Samia, dit Jean-Pierre d'un ton chagriné.

Les Trois Mousquetaires hochèrent la tête et firent leurs adieux à Sylvianne et Joannie, en promettant de revenir. Puis, ils montèrent dans la fourgonnette. Personne ne parla pendant un long moment, mais quand ils passèrent devant le manoir, Ania se tourna vers Jean-Pierre.

— Il faudrait bien que quelqu'un fasse part de notre échec à monsieur Zuccanni, dit-elle d'une voix éteinte.

— Je peux m'en charger, proposa Jean-Pierre. Je suis certain qu'il comprendra.

— Pauvre homme, soupira Mamadou. Lui et sa famille vont devoir continuer de vivre dans la peur. Ils méritent pourtant mieux.

— Je n'arrive pas à croire que nous avons échoué à la tâche, murmura Gabriel en secouant amèrement la tête.

Le silence s'installa à nouveau, inconfortable, comme un sixième passager qui n'avait pas sa place dans le groupe.

Quand ils atteignirent Atholville, Jean-Pierre leur demanda s'ils étaient d'accord pour arrêter à l'épicerie, et les jeunes détectives acquiescèrent.

— Ma belle-sœur vient souper et Sylvianne fait un rôti de porc, expliqua-t-il.

À l'épicerie, Jean-Pierre se dirigea vers le comptoir des viandes et demanda une pièce de choix au boucher. Alors qu'ils se dirigeaient vers la caisse, Mamadou s'arrêta et ramassa un gigantesque sac de croustilles au BBQ.

Ania lui mit la main sur l'épaule.

— Mamadou, comme le dit si bien mamie Georgette, ce n'est pas sain de manger ses émotions…

— Mais, voyons, Ania, intervint Gabriel. Mamadou ne mange pas ses émotions, il est plus calme que la mer Morte.

– Non… Ania a raison, dit son ami en remettant le sac sur l'étagère. De l'extérieur, j'ai peut-être l'air calme, mais croyez-moi, je bouillonne à l'intérieur. Tellement que je n'ai même pas le goût de manger ces croustilles.

Ses amis le regardèrent avec de grands yeux ronds. C'était la première fois qu'ils voyaient leur ami renoncer à une gourmandise.

Puis, Mamadou fit la moue.

– Je vais plutôt y aller avec du maïs soufflé au caramel, dit-il en prenant un sac encore plus gros que le précédent.

Malgré leur humeur noire, Ania et Gabriel ne purent réprimer un sourire. C'était comme si l'univers venait soudain de retrouver un peu de sa cohérence.

Ils payèrent leurs courses et lorsqu'ils sortirent du magasin, Mamadou remarqua les affichettes qui se trouvaient toujours collées dans la vitrine.

– Regardez, le spectacle de KeroZen était hier, dit-il. On l'a manqué, c'est dommage…

– Ils devraient vraiment retirer ces affiches une fois que l'événement est passé, s'indigna Gabriel. Même celle du cirque est encore là.

Soudainement, Ania s'arrêta sur ses pas.

– Gabriel ! s'écria-t-elle d'une voix stridente en faisant sursauter tout le monde.

– Quoi ? demanda celui-ci en mettant une main sur sa poitrine. Tu m'as presque donné une crise de…

Ania lui sauta au cou et lui planta une bise sur une joue.

– Mais, qu'est-ce que… ? commença-t-il.

– J'ai compris ! coupa-t-elle. Grâce à toi, j'ai tout compris !

CHAPITRE 33

ANIA COMPREND TOUT

– Que veux-tu dire, Ania ? demanda Mamadou. Qu'as-tu compris, au juste ?

– Tout ! répéta Ania. J'ai tout compris. Enfin, je crois avoir tout compris, et si mes doutes s'avèrent fondés, nous allons pouvoir résoudre l'énigme du colosse des neiges.

– Ben, qu'attends-tu pour nous expliquer ?!? s'écria Gabriel.

– Pas maintenant, répondit-elle. Je dois d'abord parler à monsieur Zuccanni pour vérifier les faits. Je m'en voudrais de vous donner de faux espoirs. Monsieur Jean-Pierre, pouvez-vous nous reconduire à son manoir ?

– Absolument ! lança ce dernier. Allez, dépêchons-nous ! Moi aussi, j'ai hâte d'entendre les explications d'Ania.

Conduisant sa fourgonnette comme un pilote de Formule 1, Jean-Pierre franchit dans un temps record les cinq kilomètres qui les séparaient de Lac-des-Lys.

Lorsqu'ils tournèrent dans l'allée menant au manoir, ils aperçurent Hermann Zuccanni, tout au fond du terrain, qui était en train de faire un bonhomme de neige en compagnie du petit Richard.

Dès que Jean-Pierre eut arrêté la fourgonnette, les Trois Mousquetaires en jaillirent comme des diables d'une boîte.

– Monsieur Zuccanni ! hurla Gabriel. Ania croit avoir percé le mystère du colosse des neiges !

Aussitôt, l'homme leva la tête et regarda dans leur direction. Il se pencha pour dire quelques mots à son garçon puis, tant bien que mal, se mit à courir à leur rencontre dans la neige épaisse.

Les jeunes détectives partirent également au pas de course et rejoignirent l'Européen au milieu du terrain.

– Vous… vous… balbutia Hermann Zuccanni tout en essayant de reprendre son souffle.

– Oui… enfin, je crois que oui… haleta Ania en agitant les mains. C'est votre…

Elle prit une grande respiration et allait continuer quand tout à coup Dali se mit à gronder.

– Où est le petit Richard ? demanda immédiatement Gabriel, qui remarqua que le garçon n'était plus aux côtés du bonhomme de neige.

Zuccanni balaya le grand champ du regard et repéra immédiatement son enfant, qui se dirigeait en se dandinant vers la forêt. Le garçon s'arrêta et se pencha pour ramasser une branche qui était sûrement destinée à devenir l'un des bras de son bonhomme de neige. Mais il se figea sur place quand un cri tourmenté et envahissant, qui semblait venir de partout à la fois, se fit entendre.

Le cri du colosse des neiges.

Le petit Richard l'entendit lui aussi. Il s'arrêta sur ses pas et allait se retourner quand une forme gigantesque sortit de la forêt en poussant un terrifiant rugissement.

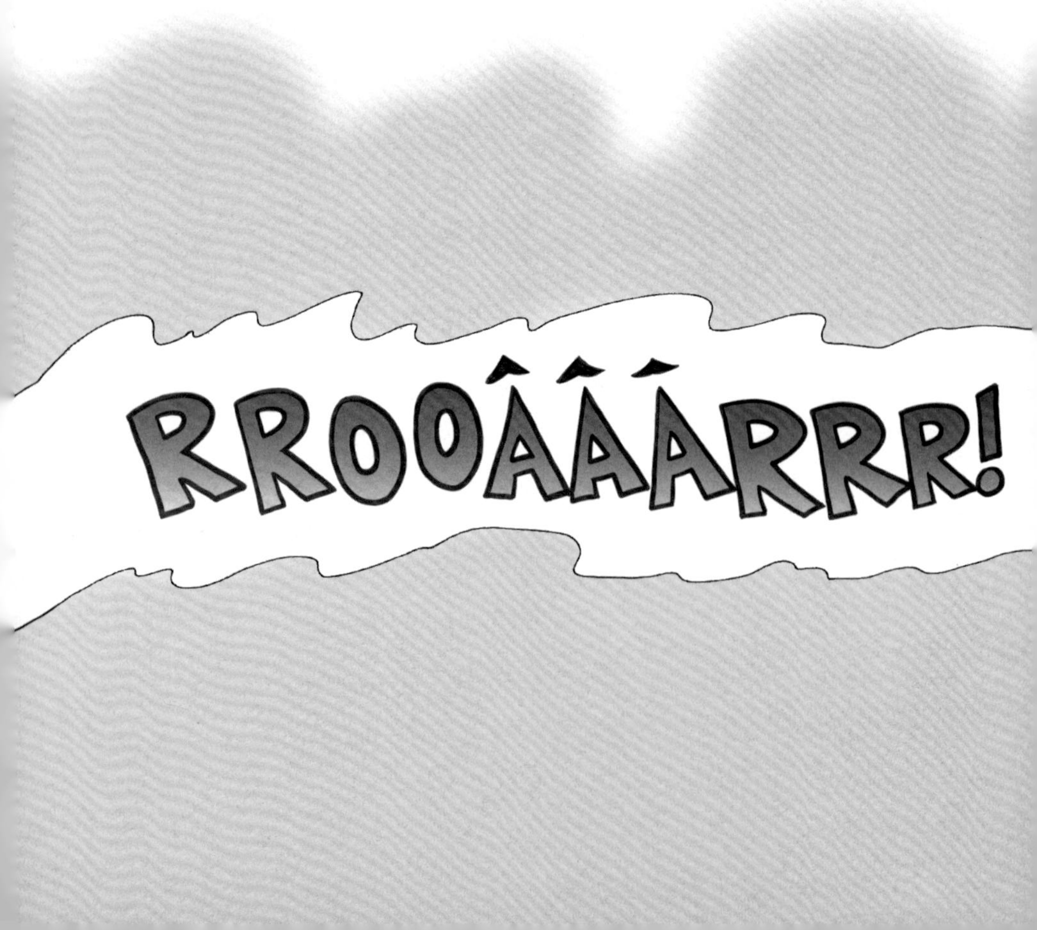
RROOÂÂÂRRR!

CHAPITRE 34

RANKO

Le gigantesque ours gris que les Trois Mousquetaires avaient rencontré sur le chemin du lac Caldwell se dressait au-dessus de l'enfant qui, pétrifié par la peur, restait là sans bouger.

Aussitôt, Dali se mit à courir tout en aboyant férocement.

– Nooooon ! cria désespérément Hermann Zuccanni en amorçant lui aussi un sprint vers son fils.

Le cri de son père réveilla finalement le petit Richard, qui retrouva du coup l'usage de ses jambes. Il tourna sur lui-même et se mit à courir.

Distrait par les jappements du chien et le cri de l'homme, l'ours ne vit pas immédiatement que sa proie était en train de lui échapper. Mais dès qu'il reporta les yeux sur le garçon, il émit un puissant grognement de colère.

Le rugissement de la bête sembla effrayer l'enfant, qui trébucha et s'étala de tout son long dans la neige.

En seulement deux pas, l'ours se retrouva de nouveau au-dessus du petit, le dominant de ses trois mètres de hauteur.

À cet instant précis, ils réalisèrent avec horreur que tout était perdu. Dali n'allait pas arriver à temps et, de toute façon, quelle chance avait un samoyède de trente kilos contre un ours qui en faisait trois cents.

Une terrible grimace déforma le visage d'Hermann Zuccanni.

– Nooon ! Riiiiichaaaard ! hurla-t-il d'une voix empreinte de désespoir.

À ce moment précis, Ania crut apercevoir un mouvement dans les bois et un déclic se fit dans sa tête.

– Son nom est Richard ! cria-t-elle. Ne le laissez pas mourir !

Aussitôt, venant de l'endroit où se déroulait la scène, un cri retentit dans l'air glacial.

« RANKO ! ATTAQUE ! »

L'instant d'après, devant leur regard ébahi, le colosse des neiges bondit d'entre les branches et se rua sur l'ours. Pris par surprise, le plantigrade n'eut pas le temps de s'esquiver et encaissa un dur plaquage dans les flancs.

Les deux bêtes roulèrent dans la neige. Puis, elles se levèrent lentement, avant de se faire face.

Gabriel regarda le colosse des neiges avec de grands yeux ronds. Ce dernier était moins grand que son adversaire, mais il possédait en revanche une poitrine et des biceps extrêmement musclés. Son poil roux était plutôt long et la partie supérieure de son crâne se terminait en forme de cône. Malgré la gravité de la situation, Gabriel sentit un sentiment d'émerveillement le gagner. Le fameux yéti existait hors de tout doute.

Pendant ce temps, les deux formidables créatures continuaient de s'évaluer mutuellement, et Hermann Zuccanni en profita pour rejoindre son fils et le ramener vers le reste du groupe.

Furieux, l'ours poussa un terrible rugissement et se rua sur celui qui venait de lui coûter son déjeuner. Il lança un puissant coup de patte, mais le colosse l'évita habilement en sautant de côté tout en lui décochant un vilain coup de coude derrière la tête.

Si l'ours était beaucoup plus lourd, le colosse des neiges semblait quant à lui beaucoup plus agile. Sonné par le coup qu'il venait de recevoir, l'ours sembla hésiter pendant quelques secondes. Il se tourna vers son adversaire et rugit férocement. Le colosse lui répondit de la même façon et Gabriel remarqua que son cri ne ressemblait en rien à ce gémissement plaintif que tous avaient entendu auparavant.

L'ours attaqua de nouveau. Il tenta de mordre et de griffer son opposant, mais son geste était trop prévisible. Le colosse des neiges l'esquiva à nouveau mais, cette fois, dès que l'ours fut passé, il lui sauta sur le dos. Puis, d'un geste vif, il glissa les bras sous ceux de sa victime et ramena les mains derrière la nuque de l'ours, bloquant ses pattes comme dans une serre.

– Wow ! s'écria Gabriel. Un double Nelson !

– Comme dans la lutte professionnelle ! ajouta Mamadou. C'est une prise de soumission, ceux qui s'y font prendre n'ont d'autre choix que d'abandonner…

La prise semblait en effet efficace, car l'ours lança un mugissement de douleur. Le yéti rugit fortement et appliqua encore davantage de pression sur l'arrière de la tête de son adversaire, qui laissa aller bien malgré lui un autre gémissement. À ce moment, il aurait été facile pour le colosse de lui asséner le coup de grâce et de lui briser la nuque, mais il choisit plutôt de lui accorder une chance.

Il relâcha l'ours et le poussa violemment par l'avant. Ce dernier tomba dans la neige et resta couché là pendant un instant. Puis, il se releva lentement et regarda le colosse par-dessus son épaule. Leurs regards se croisèrent à nouveau et l'ours sembla comprendre que sa seule chance de survie était la fuite. Il se mit à courir à quatre pattes et s'enfuit dans la forêt sans demander son reste.

Épuisé, le colosse des neiges se laissa choir dans la neige et quand son derrière frappa le sol, un nuage de flocons s'envola en tourbillonnant.

Sans même y penser, les témoins de ce combat se mirent à applaudir cette bête qui avait sauvé l'enfant d'une mort certaine.

Le colosse des neiges tourna la tête vers eux et leva la main, comme un artiste saluant son public.

– Voilà un geste bizarre pour un yéti… dit Gabriel en fronçant les sourcils.

– Je ne crois pas qu'il soit prudent de rester ici, fit remarquer monsieur Zuccanni. Si cette bête se décidait à nous attaquer…

– Je ne m'inquiéterais pas pour ça, dit Ania avec un sourire énigmatique.

– N'as-tu pas crié quelque chose juste avant que le colosse des neiges ne sorte des bois ? demanda Mamadou.

– Tu as raison, dit Ania. En fait, je m'adressais à quelqu'un qui est caché à l'orée de la forêt.

Puis elle se tourna vers la forêt et cria :

– Jack Stapleton ? Jack ! Sortez !

CHAPITRE 35

JACK STAPLETON

Pendant un moment, rien ne se produisit. Puis une forme se dessina derrière un sapin touffu. Une main gantée repoussa une branche et un homme émergea dans la clairière.

Jack Stapleton portait un capuchon et gardait la tête baissée, si bien qu'il était impossible de distinguer ses traits. Il fit un signe de la main en direction du colosse des neiges, qui vint le rejoindre. Il lui adressa quelques mots à voix basse et l'animal hocha la tête pour ensuite disparaître dans les bois.

— Ça alors, murmura Gabriel, le colosse des neiges obéit comme un chien de poche.

— Bien sûr, rétorqua Ania avec un sourire en coin. Cet homme possède un talent remarquable avec les animaux.

L'homme se mit à marcher lentement en direction du petit groupe. Il

gardait la tête basse et marchait courbé vers l'avant, comme si un lourd poids pesait sur ses épaules.

Quand il arriva à quelques mètres d'eux, monsieur Zuccanni prit son fils par le bras et, d'un geste protecteur, le plaça derrière lui. Cet individu venait peut-être de sauver la vie de son enfant, mais s'il était le maître du colosse des neiges, il avait prouvé à maintes reprises qu'il avait une dent contre la famille Zuccanni.

Puis, l'homme arriva enfin devant eux et s'arrêta en gardant la tête baissée.

— Qui êtes-vous ? demanda rageusement l'Européen.

L'individu hocha la tête et murmura quelque chose d'indistinct.

— Pardon ? demanda Zuccanni en blêmissant.

— Tu as donné mon nom à ton fils… dit l'homme en repoussant son capuchon et en levant finalement la tête.

— Ri… Richard… ? balbutia monsieur Zuccanni et son visage se draina de toute couleur.

L'homme qui se tenait debout devant eux n'était nul autre que Richard Zuccanni, le frère que l'on croyait mort depuis près de six ans.

— Mais… mais… bafouilla Gabriel. Co… co… comment est-ce possible ?

Sur le coup, personne ne répondit.

CHAPITRE 36

RICHARD ZUCCANNI

L a ressemblance entre les deux frères était frappante. À peu près de la même stature, ils avaient les mêmes traits fins, les mêmes yeux gris acier et les mêmes cheveux noirs, brossés vers l'arrière de la même façon.

– Richard ? répéta monsieur Zuccanni. Mais… mais… tu es censé être…

– Mort… ? Non, je suis vivant, répondit son frère, et les larmes coulèrent librement sur ses joues. Je suis tellement désolé. Pourras-tu un jour me pardonner ?

Hermann Zuccanni fit un pas en avant, prit son frère dans ses bras et le serra très fort.

– Tu n'es pas mort, murmura-t-il. Dieu merci, tu n'es pas mort.

Richard Zuccanni se défit lentement de l'étreinte de son aîné et baissa de nouveau la tête.

– Toute cette histoire de colosse des neiges… je… je ne sais pas pourquoi j'ai fait cela, avoua-t-il. Je croyais que vous me détestiez, toi et papa. Je… je voulais me venger. Mais tu as appelé ton fils Richard, alors…

– Je ne t'ai jamais détesté, répondit-il, et je ne t'ai jamais oublié non plus.

Hermann Zuccanni défit les premiers boutons de son manteau et sortit son écharpe jaune, qu'il tendit à son frère.

– Je l'ai trouvée accrochée à une branche sur le lieu de ta disparition, dit-il.

Richard la prit, fondit en larmes et tomba à genoux en implorant la miséricorde.

– Je te demande pardon, murmura-t-il entre deux sanglots. À toi, à ton fils et à ton épouse. Je ne sais pas ce qui m'est arrivé. Pendant toutes ces années, mon esprit était embrouillé… tellement embrouillé.

Monsieur Zuccanni mit une main sur l'épaule de son frère et l'aida à se relever.

– Peu importe ce qui s'est passé, tu restes mon frère, dit-il.

– Vous… vous… n'aurez plus à vous soucier du colosse des neiges, commença Richard. C'est un… c'est mon…

Il s'interrompit et secoua la tête, incapable de continuer.

– Tu nous raconteras ça plus tard, quand tu t'en sentiras capable, dit monsieur Zuccanni. Mais pour le moment, entrons, d'accord ? Nous sommes tous en train de geler, ici.

Les yeux de son frère s'agrandirent.

– Dans… dans ta maison ? Mais… Léa ? Comment pourra-t-elle accepter que…

– Tu ne connais pas mon épouse, interrompit monsieur Zuccanni d'une voix douce. Elle a de la compassion à revendre. Et n'oublie pas que tu viens de sauver la vie de notre fils. Alors, ne t'inquiète pas pour elle, je vais lui expliquer et je suis certain que ça va aller.

Richard hocha la tête et sourit tristement. Les deux frères commencèrent à marcher vers le manoir en s'appuyant l'un sur l'autre et les autres suivirent, traînant légèrement à l'arrière.

– J'ai hâte d'entendre l'histoire de Richard et du colosse des neiges, murmura Gabriel à l'intention de ses amis. Comment a-t-il réussi non seulement à capturer, mais à apprivoiser un yéti ?

– Les choses ne sont pas toujours telles qu'on les croit, lui répondit énigmatiquement Ania.

CHAPITRE 37

L'HISTOIRE DE RICHARD ET DU COLOSSE DES NEIGES

T rente minutes plus tard, Jean-Pierre et les jeunes détectives se trouvaient dans le salon du manoir en compagnie des deux frères. En route, monsieur Zuccanni avait expliqué à son fils qu'il venait de gagner un oncle qui portait le même prénom que lui et qu'il n'aurait jamais plus à s'inquiéter du colosse des neiges. Ces explications semblèrent satisfaire l'enfant, car dès qu'ils furent arrivés à la maison, celui-ci demanda s'il pouvait aller jouer avec Dali.

Nestor, qui leur avait ouvert la porte, faillit s'évanouir en apercevant Richard Zuccanni vivant. Hermann et Jean-Pierre s'empressèrent de soutenir le domestique pendant que Mamadou allait chercher une chaise pour qu'il puisse s'asseoir. Attirée par ce brouhaha, Léa arriva sur la scène et prit un air perplexe en voyant son mari en compagnie de son sosie. Puis elle reconnut son beau-frère et ses yeux s'arrondirent.

Elle se tourna vers son mari, qui lui expliqua brièvement ce qui venait de se produire. Elle pinça les lèvres, mais accepta, du moins de façon provisoire, l'arrivée du nouveau venu dans leur demeure.

Puis, après avoir passé une dizaine de minutes seul avec son frère, monsieur Zuccanni revint au salon en annonçant que Richard était prêt à raconter son histoire... et celle du colosse des neiges.

Richard prit place dans une causeuse et commença son récit.

Tout avait commencé le soir où il s'était sauvé de la maison après s'être disputé avec son père. Il s'avéra que cette fugue avait été planifiée depuis longtemps. Convaincu que son père le méprisait et qu'il n'avait du temps que pour Hermann, Richard avait concocté un plan pour lui faire regretter ses actions.

Il avait trouvé, chez un marchand de bric-à-brac, une paire de raquettes en forme de pieds... des raquettes qui laisseraient des traces ressemblant étrangement à celles d'un yéti. Il les avait ensuite cachées dans la montagne, au pied d'un arbre, prêtes à utiliser lorsque l'occasion se présenterait.

Son plan était simple. Lorsque la prochaine querelle éclaterait entre lui et son père, il allait s'enfuir dans la montagne et simuler une échauffourée qui porterait à croire qu'il avait été enlevé. Il s'était d'ailleurs trouvé une cachette, d'où il allait pouvoir observer son père et son frère chercher en vain. En voyant les traces dans la neige, son père allait déduire que son fils avait été kidnappé par le colosse des neiges et il allait alors regretter tout le tort qu'il lui avait fait. À ce moment précis, il allait éprouver tellement de remords qu'il comprendrait combien il aimait vraiment son fils et comment il l'avait, toute sa vie, traité injustement.

Pour que sa disparition ait l'effet désiré, Richard allait passer la nuit dans sa cachette. Puis, le lendemain matin, il retournerait à la maison en affirmant avoir réussi à échapper au colosse des neiges.

Et à partir de ce moment, ils vivraient heureux, tous les trois, comme une famille unie.

Dès qu'il arriva à cette partie de son récit, Richard arrêta de parler et ses épaules s'affaissèrent. Il fit une grimace et secoua lentement la tête, comme s'il comprenait maintenant la naïveté de cette machination.

— Mais quelque chose n'a pas fonctionné dans votre plan, n'est-ce pas ? demanda Ania.

— En effet, répondit Richard. Après avoir exécuté ma petite mise en scène, je suis allé me cacher. Ensuite, j'ai attendu et attendu encore… mais personne n'est venu. C'est alors que j'ai compris que je ne représentais vraiment rien pour ma famille, ni pour mon père et ni pour mon frère.

— Mais moi, je voulais partir à ta recherche immédiatement, dit doucement Hermann Zuccanni. C'est papa qui m'en a empêché. Et c'est seulement sous le coup de la colère qu'il a réagi ainsi, c'était un homme tellement fier. Il t'aimait incroyablement, même s'il était incapable de le démontrer…

— Maintenant, je m'en rends compte, dit Richard en étouffant un sanglot.

Il prit une grande respiration avant de continuer.

— Enfin… quand j'ai vu que personne ne venait à ma recherche, j'ai décidé de véritablement partir. Je me suis dirigé vers le village voisin, où j'ai cherché un endroit pour dormir. J'ai aperçu une caravane installée aux limites du village, et il y avait une immense meule de paille à côté de l'une des roulottes. Je m'y suis couché et, épuisé, je suis immédiatement tombé endormi.

– Laissez-moi deviner : il s'agissait d'un cirque, n'est-ce pas ? demanda Ania.

Richard Zuccanni hocha la tête et la regarda d'un air étonné.

– Le cirque Zabaglione ? renchérit-elle.

Gabriel et Mamadou la regardèrent avec de grands yeux ronds.

– Mais… c'est le même que… commença Gabriel.

– Oui, le même qui était annoncé dans la vitrine de l'épicerie, dit Ania. Alors, tu commences à comprendre ?

Gabriel fronça les sourcils.

– Mmm… fit-il. Je ne suis pas certain…

Ania se contenta de sourire et se retourna vers Richard Zuccanni.

– Désolée de vous avoir interrompu, dit-elle. Voulez-vous continuer ?

– Au petit matin, c'est le directeur du cirque qui m'a réveillé en me demandant ce que je faisais là, reprit Richard. Je lui ai dit que je cherchais du travail, et le hasard fit en sorte qu'il venait de congédier son entraîneur parce qu'il ne s'occupait pas bien de ses bêtes. Je lui ai dit que j'avais une facilité naturelle avec les animaux, et il m'offrit le poste. Le lendemain, je partais avec le cirque.

Il fit une pause et une étincelle brilla dans ses yeux.

– Et c'est là que j'ai rencontré Ranko, dit-il. C'est lui que vous avez vu tantôt.

– Il y avait un yéti dans ce cirque ?!? s'égosilla Gabriel.

Ania roula les yeux.

– Noix de coco ! s'écria-t-elle. Pas un yéti, un gorille… Ranko est un gorille.

– Un go… ? Un gogo… ? bafouilla Gabriel. Mais qu'est-ce que tu racontes ? Ce n'est pas un gorille que nous avons vu !

– C'est un gorille déguisé en yéti, soupira Ania.

– C'est exact, ajouta Richard, mais le déguisement vient plus tard dans l'histoire. J'ai donc trouvé ma place dans ce cirque, et cette troupe de saltimbanques est vite devenue ma famille. Dresser des animaux était mon rêve, et je me suis particulièrement attaché à Ranko, qui est d'une intelligence remarquable. J'avais finalement trouvé un peu de bonheur…

Il fit une pause avant de reprendre.

– Sauf que je suis demeuré obsédé par ce que vous m'aviez fait. On aurait dit une blessure qui refusait de guérir. Et un jour, après avoir fait plusieurs fois le tour de l'Europe, j'ai appris que nous allions retourner dans le village où tout avait commencé.

Richard prit une gorgée de café et fit une grimace en pensant à ce jour.

– Je me suis rendu compte que la date où le cirque allait s'arrêter en ville coïncidait avec l'anniversaire de ma disparition, dit-il. Cinq ans plus tard, jour pour jour, j'allais être de retour dans ma région natale. Dans mon esprit malade, j'y ai vu comme un signe des dieux et comme une occasion d'exercer une nouvelle fois ma vengeance. Comme Ranko m'obéissait au doigt et à l'œil, j'ai eu l'idée de le déguiser en yéti et de le faire passer pour le colosse des neiges. Mes amis du cirque m'ont aidé à confectionner un faux scalp et un déguisement fait de poils de bouquetin. À l'aide de quatre faucilles soudées ensemble, ils ont aussi fabriqué un outil qui allait me permettre de laisser d'énormes traces de griffes un peu partout.

— C'est l'outil dont parlait votre ami Johnny, à la quincaillerie, se rappela Mamadou en regardant Jean-Pierre.

— Ooooh… fit Gabriel qui commençait enfin à comprendre.

— Et le cri du colosse des neiges ? demanda Hermann. Ce cri terrible et triste que l'on a entendu, ce n'est pas celui d'un gorille…

— Non, tu as raison, répondit son frère, ce n'est pas Ranko qui fait ce cri douloureux, c'est moi. J'ai acheté un mégaphone qui sert à amplifier ma voix. Je l'ai laissé en bordure des bois avant de sortir de ma cachette.

— Donc, tu voulais profiter du retour du cirque Zabaglione dans la région pour mettre ton plan à exécution, dit Hermann. Sauf que tu avais à peine commencé ton manège, que nous avons décidé de partir pour le Canada.

Richard lui adressa un sourire contrit.

— J'étais furieux, avoua-t-il. À mes yeux, tu n'avais pas le droit de retrouver si facilement la paix d'esprit, alors que moi, je devais continuer de vivre avec mes tourments. Et comme si ce n'était pas assez, le patron nous annonça qu'il désirait prendre sa retraite et que le cirque allait bientôt fermer ses portes. J'ai alors réussi à le convaincre de faire une dernière tournée, mais cette fois en Amérique du Nord...

— Une tournée qui s'est terminée à Campbellton, dit Hermann.

— Tu as deviné correctement, déclara son frère.

— Et Ranko dans tout ça ? demanda Mamadou.

— J'ai persuadé mon patron de m'en confier la garde tout en promettant de lui trouver un foyer permanent, répondit Richard.

— Mmm... fit Hermann Zuccanni.

— Puis, j'ai loué un chalet dans un endroit isolé, pas très loin d'ici...

— Ce qui t'a permis de continuer à exercer ta vengeance sur ma famille, coupa Hermann.

Richard regarda son frère en silence pendant que ses yeux se remplissaient à nouveau de larmes.

— Je suis désolé... tellement désolé, répéta-t-il pour la énième fois. Je te le jure, Hermann, je ne sais pas ce qui m'a pris, mon esprit s'est embrouillé... Je... je voulais seulement vous faire peur. Jamais Ranko ne vous aurait fait de mal, il croyait que c'était un jeu, comme au cirque... Je n'ai jamais...

Il s'arrêta et baissa la tête.

— Je crois que j'ai besoin de traitements, Hermann, murmura-t-il.

— Nous allons nous occuper de toi, Richard, dit Hermann. Nous allons trouver les meilleurs spécialistes, et tu retrouveras un équilibre, j'en suis certain. Le plus important, c'est que tu sois en vie et que l'on puisse recommencer à être frères.

— Je... il n'y a rien au monde que je souhaiterais davantage, déclara Richard entre deux sanglots.

— Et tu n'as pas seulement retrouvé un frère, mais toute une famille, dit Hermann. Il n'y a rien de plus important que la famille, tu sais...

Son frère hocha la tête en souriant tristement.

— Je le sais maintenant, murmura-t-il.

Puis, il releva la tête et, cette fois, il souriait.

— En parlant de famille, dit Richard, voulez-vous rencontrer Ranko ?

Les yeux de Gabriel s'agrandirent.

— Moi, je veux ! s'écria-t-il.

— Ce serait un honneur de rencontrer le héros du jour, déclara Hermann, et tout le monde acquiesça. Va le chercher et profites-en pour apporter toutes tes possessions : vous déménagez ici, Ranko et toi. Et pendant ce temps, nous allons préparer un bon repas à la mode de chez nous. Ce soir, c'est la fête chez les Zuccanni !

ÉPILOGUE

Le soir venu, un trio improbable, composé de Ranko, de Dali et du petit Richard, jouait dans la neige sous la supervision du grand Richard, pendant que les autres traînaient à la table de la salle à manger.

— Je vous dois une fière chandelle, déclara Zuccanni en levant son verre à l'endroit des Trois Mousquetaires. Vous avez non seulement résolu le mystère du colosse des neiges, mais vous nous avez aussi réunis à nouveau, mon frère et moi.

— Mais comment avez-vous fait pour deviner que c'était Richard qui était caché dans la forêt et que le colosse des neiges était en fait un gorille ? demanda Léa Zuccanni.

— Eh ben, c'est certain que ce ne fut pas facile, commença Gabriel, mais je… Aïe !

Il se tourna vers Ania, qui venait de lui asséner un coup de coude dans les côtes.

— Mmm… mais je devrais peut-être laisser Ania vous raconter tout ça, dit-il avec un sourire en coin. C'est un peu grâce à elle aussi si nous avons réussi à résoudre ce mystère.

— Un peu grâce à moi ?!? lança-t-elle, indignée. Si je n'avais pas été là, tu serais encore en train de chercher le yéti dans ton bol de céréales.

— Pff… fit Gabriel en croisant les bras. Je suis certain qu'avec un peu plus de temps, je serais arrivé à la même conclusion.

— Oui, oui… fit Ania en faisant un geste de la main, mais en attendant, le colosse des neiges aurait eu le temps de mourir plusieurs fois de vieillesse, alors…

Mamadou pouffa de rire.

— Allez, Gabriel, dit-il. C'est vrai que c'est Ania qui a tout deviné, alors laissons-la raconter son histoire.

— Merci, Mamadou, dit Ania en souriant. Je dois dire que ce mystère s'est avéré un casse-tête. Mais les morceaux étaient tous là, il suffisait de les mettre ensemble…

Elle se tourna vers Hermann Zuccanni.

— Au début de notre enquête, tous les indices pointaient dans votre direction, Monsieur Zuccanni.

L'Européen prit un air surpris.

— Vers moi ? demanda-t-il en levant les sourcils.

— C'est que les deux premières personnes que nous avons interviewées ont affirmé avoir vu un homme qui correspondait exactement à votre description, expliqua Ania. Évidemment, à ce moment, nous ne pouvions pas savoir qu'il s'agissait de votre frère qu'ils avaient aperçu.

— Le premier témoin était Johnny, dit Gabriel, qui tenait absolument à raconter une partie de l'histoire. Il travaille à la quincaillerie et c'est lui qui a affûté l'outil dont s'est servi votre frère pour laisser les traces de griffes.

– Je vois, dit Hermann.

– Puis, chez Dumais, continua Gabriel, un client avait raconté à la caissière qu'il avait vu le colosse des neiges, alors que vous veniez tout juste de nous dire que nous étions les seuls à qui vous en aviez parlé. Et quand la caissière nous a décrit cet homme, nous étions certains que c'était vous.

– Nous avions aussi déduit que c'était vous qui aviez loué le chalet du lac Caldwell, sous le nom d'emprunt de J. Stapleton, ajouta Mamadou.

Hermann Zuccanni fronça les sourcils.

– Mais pourquoi aurais-je fait quelque chose d'aussi absurde ? demanda-t-il.

– Nous pensions que vous souffriez d'un trouble de personnalité, répondit Ania, et que le colosse des neiges n'existait que dans votre imagination.

– En fait, s'empressa d'ajouter Gabriel avec un sourire narquois, c'est elle qui avait déduit ça. Elle n'est pas infaillible...

Ania foudroya son ami du regard.

L'Européen sourit et hocha la tête.

– Non, mais c'est tout à fait compréhensible, concéda-t-il. Mais je devine que cette théorie s'est écroulée le soir où le colosse des neiges s'est présenté chez moi ?

– Exactement, fit Ania. Nous ne savions plus que penser et nous avons même soupçonné Nestor d'avoir quelque chose à voir avec cette bête.

Elle prit un air embarrassé.

– À ce sujet, je sais que ce n'est pas de nos affaires, mais...

— Pas besoin de dire quoi que ce soit, intervint monsieur Zuccanni. Je sais que Nestor nous cachait quelque chose. Il a un problème avec le jeu. Il vient de nous l'avouer, et nous allons l'aider à se défaire de cette vilaine habitude.

— Ouf ! fit Ania. Vous m'en voyez soulagée. Nous avons découvert le secret de Nestor en le suivant, parce que nous trouvions que son comportement était suspect. Enfin… toujours est-il que notre dernier espoir se trouvait dans la touffe de poils que Dali avait réussi à arracher aux fesses du colosse des neiges avant qu'il ne s'enfuie. Mais après en avoir fait l'analyse, nous avons découvert qu'il s'agissait des poils d'un bouquetin des Alpes.

— Donc, retour à la case départ, constata Zuccanni.

— Et nous étions vraiment découragés, dit Gabriel. Nous partons demain, alors, à ce moment, nos chances de résoudre ce mystère étaient pratiquement nulles. C'est Jean-Pierre qui devait vous annoncer la mauvaise nouvelle…

— Ça aurait été la première fois que nous aurions échoué à la tâche, fit remarquer Mamadou.

— Et il s'en est fallu de peu ! renchérit Ania.

Hermann Zuccanni croisa les bras.

— Alors, comment êtes-vous finalement parvenus à percer le mystère ? demanda-t-il.

Tous les yeux se tournèrent vers Ania, qui était toujours la seule à connaître la réponse à cette question.

— Grâce à une combinaison de facteurs, répondit-elle. Mais il y a deux choses que vous nous avez confiées à propos de votre frère, qui ont vraiment fait une différence.

— Ah ? fit monsieur Zuccanni.

— La première est que vous nous avez dit que Richard était friand des romans de Sherlock Holmes et qu'il avait lu à plusieurs reprises *Le chien des Baskerville*. Dans ce livre, un membre de la famille dont personne ne soupçonnait même l'existence s'est servi d'une prétendue malédiction qui pesait sur la lignée des Baskerville pour se venger d'avoir été écarté de la fortune familiale.

Leur hôte fronça les sourcils.

– Mais de là à en déduire que le coupable était mon frère, accompagné d'un gorille apprivoisé, il y a tout un fossé, déclara-t-il.

– C'est vrai, mais la personne qui a loué le chalet du patron de Jean-Pierre s'est identifiée comme étant J. Stapleton. Ce nom me disait quelque chose, mais je ne pouvais pas me rappeler ce dont il s'agissait.

– Je ne connais personne de ce nom de famille, dit Zuccanni.

– Ça ne me surprend pas, laissa tomber Ania. Mais j'arrive à la fin, et tout va s'expliquer. Il y avait aussi une autre chose qui me chicotait depuis le début : s'il y avait vraiment une gigantesque bête à vos trousses, comment avait-elle fait pour traverser l'Atlantique ?

Se rappelant qu'Ania leur avait posé cette question, Gabriel hocha la tête.

– Quand nous sommes allés à l'épicerie plus tôt aujourd'hui, reprit Ania,

LES

TROIS

MOUSQUE-TAIRES

j'ai revu l'affiche annonçant le cirque Zabaglione et j'ai remarqué que parmi la ménagerie foraine, il y avait un gorille. À cet instant précis, je me suis rappelé que le nom du personnage qui voulait exercer une vengeance sur sa famille dans *Le chien des Baskerville* était Jack Stapleton...

— J. Stapleton... murmura Gabriel.

— Exact ! s'écria Ania. Et c'est alors que tout est tombé en place. Je me suis souvenu de ce client qui avait acheté une tonne de légumes chez Dumais, et on sait que les gorilles se nourrissent surtout de végétaux. Vous nous aviez déjà dit que votre frère excellait avec les animaux... Et enfin, quelle meilleure façon de traverser l'océan avec une bête de trois cents kilos qu'avec un cirque ?

— Eh bien... fit Richard Zuccanni en souriant. Quelle perspicacité ! Vous faites toute une équipe, les Mousquetaires. Je ne voudrais pas être un malfaiteur et vous retrouver sur mon chemin, les amis.

— Merci, Monsieur Zuccanni, dit Gabriel. Nous sommes vraiment heureux d'avoir pu vous aider.

Jean-Pierre, qui était resté silencieux jusque-là, se tourna vers Zuccanni.

— Et qu'adviendra-t-il du gorille ? demanda-t-il.

— J'en ai déjà parlé avec Richard. Je lui ai proposé une solution, et il a accepté, répondit-il. Je vais communiquer avec le zoo de Moncton pour lui proposer de construire, à mes frais, un enclos de choix pour Ranko. Ainsi, Richard pourra le voir aussi souvent qu'il le désire ou, si c'est ce qu'il veut, il pourra même devenir son gardien.

— C'est très bien, dit Jean-Pierre.

Il se tut pendant un instant et sembla hésiter avant de poser sa prochaine question.

— Et que comptes-tu faire maintenant que ta famille n'est plus accablée par la malédiction du colosse des neiges ? demanda-t-il. Allez-vous retourner en Suisse ?

— Pas du tout ! lança Zuccanni. Nous aimons bien trop notre vie ici.

— Super ! s'écria Jean-Pierre. Ça, c'est une bonne nouvelle.

— En ce n'est pas tout, parce que je compte bien construire mon usine, reprit Zuccanni. J'avais mis ce projet en veilleuse en raison de tous ces problèmes, mais maintenant, je suis prêt à le remettre en marche. Je songe même à me spécialiser dans la confection de colosses en chocolat !

— Mmm... fit Mamadou. Ça, c'est ultra-*cool*... Si vous avez besoin d'un goûteur, je suis votre homme !

— On ne sait jamais ! lança Zuccanni en riant.

Puis, il se tourna vers Jean-Pierre.

— Je vais avoir besoin d'un contremaître, dit-il.

— Euh... es-tu en train de m'offrir un emploi, Hermann ? demanda Jean-Pierre en ricanant. C'est un poste important, ça...

— Et je ne connais pas de meilleure personne que toi pour l'occuper, déclara l'Européen. Les entreprises Zuccanni offrent de très bons avantages, et le salaire est excellent, mon ami...

Un large sourire prit naissance sur le visage de Jean-Pierre.

— De plus, quand l'usine sera en exploitation, elle créera plus de deux cents emplois dans la région, alors...

— Alors, j'accepte ! s'écria Jean-Pierre en se levant et en serrant la main de son nouveau patron.

— Hourra ! s'écrièrent en chœur les Trois Mousquetaires. Tout est bien qui finit bien.

Du même auteur

Série « Les aventures des Trois Mousquetaires » :

Le monstre du lac Baker

Les soucoupes de la Péninsule

La prophétie de la Terre creuse

La vengeance de Groroth

Le bateau fantôme de Petit-Rocher

L'Île-au-Crâne de Shediac

Hors série :

Un extraterrestre à l'école

Une sorcière à l'école

Frayeur à l'école

Pour ses activités d'édition, Bouton d'or Acadie reconnaît l'aide financière
de la Direction des arts du Nouveau-Brunswick, du Conseil des arts du Canada
et du gouvernement du Canada par l'entremise du Fonds du livre du Canada.

Titre : Le colosse des neiges de Campbellton
Texte : Denis M. Boucher
Illustrations : Paul Roux
Conception graphique : Denis M. Boucher et Lisa Lévesque
Direction littéraire : Marie Cadieux

ISBN : 978-2-89750-001-6

Dépôt légal : 2e trimestre 2015
Bibliothèque et Archives Canada
Bibliothèque et Archives nationales du Québec
Impression : Marquis imprimeur

Distributeur : Prologue
Téléphone : (450) 434-0306 / 1 800 363-2864
Télécopieur : (450) 434-2627 / 1 800 361-8088
Courriel : prologue@prologue.ca

Distributeur en Europe : Librairie du Québec/DNM
Téléphone : 01.43.54.49.15
Télécopieur : 01.43.54.39.15
Courriel : direction@librairieduquebec.fr

© Bouton d'or Acadie
Case postale 575
Moncton (N.-B.), E1C 8L9, Canada
Téléphone : (506) 382-1367
Télécopieur : (506) 854-7577
Courriel : boutondoracadie@nb.aibn.com
Internet : www.boutondoracadie.com
www.avoslivres.ca

Un livre créé en Acadie - Imprimé au Canada

Achevé d'imprimer en avril 2015
sur les presses de Friesens
pour le compte de Bouton d'or Acadie,
éditeur de livres depuis 1996 .